Oetinger

Paul Maar, 1937 in Schweinfurt geboren, ist einer der erfolgreichsten deutschen Kinder- und Jugendbuchautoren, zugleich virtuoser Wortkünstler und phantasievoller Erzähler. Zu seinen beliebtesten Figuren gehört das Sams, das in Büchern und Filmen sein Publikum begeistert. Aber auch Kinderhelden wie Lippel, Herr Bello und das kleine Känguru wurden von Paul Maar erschaffen. Der Autor hat viele bedeutende literarische Ehren erhalten, u. a. den Deutschen Jugendliteraturpreis für sein Gesamtwerk, den Friedrich-Rückert-Preis und den E. T. A.-Hoffmann-Preis.

Nina Dulleck, 1975 geboren, ist Kinderbuchautorin und -illustratorin. Sie lebt in Rheinhessen in direkter Nachbarschaft zu einem Tiger, zwei Minischweinen, fünf Eseln, acht Katzen, 27 Hühnern und gefühlten tausend Pferden. Zusammen mit ihrem Mann hütet sie eine wilde Meute von drei Kindern, wenn sie sich nicht gerade Geschichten in Wort und Bild ausdenkt.

Das Sams

Paul Maar

Onkel Alwin und das Sams

Illustrationen von Nina Dulleck

Verlag Friedrich Oetinger · Hamburg

Alles vom Sams

Eine Woche voller Samstage
Am Samstag kam das Sams zurück
Neue Punkte für das Sams
Ein Sams für Martin Taschenbier
Sams in Gefahr
Onkel Alwin und das Sams
Sams im Glück
Ein Sams zu viel
Das Sams feiert Weihnachten

MIX
Papier | Fördert gute Waldnutzung
FSC® C002795

4. Auflage

Erstmals erschienen 2009 im Verlag Friedrich Oetinger
Text und Idee: Paul Maar
Einband und Illustrationen: Nina Dulleck
Satz: Arnold & Domnick, Leipzig
Druck und Bindung: Livonia Print SIA,
Jurkalnes iela 15/25, LV-1046 Riga, Lettland
*Printed 2025/2
ISBN 978-3-7891-0830-3

www.dassams.de
www.oetinger.de

Inhalt

Die Rückkehr

Das Sams blickte grinsend in die Runde.
Es schien so, als hätten sich tatsächlich sämtliche Samse versammelt.
Auf einem großen, blau gepunkteten Kürbis saß das Übersams. Es hieß so, weil es schon über zweihundert Jahre alt und somit das älteste Sams in der Runde war. Man konnte es an den zwei Querfalten auf seinem Rüssel erkennen. Solche Falten bekommen Samse frühestens mit zweihundert Jahren.
Die Samse saßen, dicht gedrängt, in einem weiten Rund. Vier oder fünf waren sogar auf einen Baum gestiegen, um besser sehen zu können.
Das Übersams machte eine ernste Miene, rümpfte zweimal den Rüssel und wandte sich an das Sams. »Du weißt, weshalb wir hier zusammengekommen sind?«, fragte es.
Das Sams sagte: »Ist doch klar: Ich bin euer Star. Weil ich so lange bei Taschenbiers war.«
Alle Samse schüttelten heftig den Kopf.
»Viele von uns waren mal bei einem Menschen«,

sagte das Übersams. »Das ist nun wirklich nichts Besonderes.«
Alle Samse nickten.
»Hm …« Das Sams dachte kurz nach. Dann hatte es die Lösung: »Ihr bewundert meinen schönen Anzug. Soweit ich sehe, bin ich hier das einzige Sams mit Taucheranzug.« Voller Stolz fing es an zu singen:

»Ja, meine Taucherflossen
passen wie angegossen.
Meinen Anzug empfehle ich auch.
Leider spannt er ein bisschen am Bauch.
Der Reißverschluss,
den man hochziehen muss …«

Weiter kam das Sams nicht, denn das Übersams unterbrach es. »Genug!«, rief es. »Halt den Mund! Sei endlich still!«

»Das Sams ist still, das Sams ist still, weil das Übersams es will«, reimte das Sams.

Einige Samse lachten.

»Reimen kannst du immerhin noch«, stellte das Übersams fest. »Aber genügt das?«

Einige Samse nickten, aber die meisten schüttelten den Kopf. Ein Sams aus der dritten Reihe rief laut: »Das genügt mitnichten, denn jeder kann dichten!«

Das Sams runzelte die Stirn.

»Was wollt ihr von mir? Was soll das denn eigentlich hier?«, rief es.

»Wir müssen dir leider mitteilen, dass du nicht mehr hierhergehörst. Verstehst du: Du gehörst nicht mehr zu uns«, sagte das Übersams.
Die meisten Samse nickten.
»Nicht mehr zu euch? Weshalb denn? Warum denn?« Vor Verblüffung hörte das Sams auf, in Reimen zu sprechen.
»Du bist zu menschlich geworden. Du bist nicht mehr samsig. Viel zu unsamsig«, erklärte ihm das Übersams. »Sieh dich doch an!«
Das Sams guckte an sich herunter. »Ja und?«, fragte es.
»Du bist viel zu groß. Genauso hoch wie ein Menschenkind. Deine Nase ist kaum noch rüsselig. Und Punkte hast du auch keine mehr«, sagte das Übersams.
»Die hat dieser doofe Daume weggewünscht«, verteidigte sich das Sams.
»Sie sind auch gar nicht so wichtig«, sagte das Übersams. Was zur Folge hatte, dass die Samse durcheinanderriefen: »Und ob die wichtig sind! Richtig wichtig! Oberwichtig! Sogar überoberwichtig! Wie sollen wir denn Wünsche erfüllen ohne Punkte?«
»Natürlich sind unsere Wunschpunkte wichtig«, beschwichtigte das Übersams sie. »Ich meinte doch: Sie sind nur wichtig, wenn ein Sams zu einem Menschen kommt. Nicht, wenn es zu uns zurückkehrt.«

Die Samse beruhigten sich wieder.
Das Übersams sprach weiter. »Wir alle finden, dass du zu lange bei den Menschen warst.«
Alle Samse nickten.
»Du bist zu menschlich geworden«, sagte das Übersams noch einmal. »Dein langer Besuch dort hat auf dich abgefärbt. Du gehörst einfach nicht mehr hierher. Deshalb bitten wir dich, zurückzukehren zu deinem Menschen und dort zu bleiben.«
»Meinst du zu Papa Taschenbier oder zu Martin Taschenbier?«, fragte das Sams. »Du meinst doch hoffentlich nicht den Daume, die alte Pflaume.«
»Habt ihr das gehört, habt ihr das gehört? Das ist es, was uns stört!«, rief eines der Samse.
Ein anderes sagte laut: »Es hat nicht nur einen Menschen wie jedes normale Sams, sondern gleich drei!«
»Du darfst wählen, zu wem du zurückkehren willst«, sagte das Übersams.
»Na gut, na gut, dann geh ich zu Martin Taschenbier zurück«, rief das Sams. »Das ist mir ganz recht, denn ihr reimt mir zu schlecht. Das ist mir ganz wichtig, denn ihr tickt nicht ganz richtig. Das ist mir ganz lieb ...« Es machte eine Pause. Alle Samse guckten gespannt zu ihm hin. Was reimte sich wohl auf *lieb*?
Das Sams grinste und sagte: »Das ist mir ganz lieb, denn ihr habt einen Hieb!«

Damit streckte es den versammelten Samsen die Zunge heraus, drehte sich um, reckte ihnen den Hintern entgegen und pupste.

Die Samse brachen in lautes Gelächter aus, klatschten und pfiffen Beifall.

Auch das Übersams musste lachen. »Hm«, machte es. »Du scheinst doch noch ziemlich samsig zu sein. Vielleicht sollten wir noch einmal darüber nachdenken, ob ...«

Weiter kam es nicht, denn das Sams war schon verschwunden.

Es war mitten in der Nacht. Martin Taschenbier lag in seinem Bett und schlief tief. Er wurde davon wach, dass in seinem Zimmer jemand laut sang:

»Schlaf, Martin, schlaf,
der Daume ist ein Schaf.
Der Daume ist ein Trampeltier,
das Sams ist wieder hier bei dir,
schlaf, Martin, schlaf!«

Martin war mit einem Mal hellwach. Er knipste die Nachttischlampe an. »He, Sams, bist du das?«

»Bin ich das?« Das Sams ging zum Wandspiegel und

schaute hinein. »Ja, stimmt! Ich bin das, das bin ich«, bestätigte es.

»Ich hab gedacht, du bist ganz weg und für immer verschwunden«, sagte Martin.

»Wie kommst du nur auf so eine Idee!«, sagte das Sams. »Ich war nur mal kurz weg ...«

»Drei Monate nennst du *kurz*?«, sagte Martin.

Das Sams ließ sich nicht beirren. »Ich war nur mal ziemlich kurz weg, um ...«

»Um was?«, fragte Martin.

»Um ...«

»Um was? Sag schon! Was gibt's da zu überlegen?«

»Jetzt fällt es mir wieder ein: Ich wollte ein Paar Würstchen kaufen!«

»Würstchen?«, fragte Martin.

»Ja. Mit Senf!«

»Dazu hast du drei Monate gebraucht?«

»Und mit Mayo!«

»Aber ...«

»Und mit Ketchup!«, sagte das Sams schnell. »Ohne Brot.«

»Na gut, du hast also Würstchen gekauft«, sagte Martin.

»Nein«, sagte das Sams.

»Gerade hast du behauptet, du hättest Würstchen gekauft!«

»Du musst einfach besser zuhören«, sagte das Sams. »Ich habe gesagt, ich *wollte* Würstchen mit Senf, Mayo und Ketchup kaufen. Aber natürlich habe ich keine gekriegt. Weil ich ja kein Geld hatte. Denkst du vielleicht, man kriegt Würstchen mit Senf, Mayo und Ketchup ohne Geld?«

»Nein, natürlich nicht«, sagte Martin. »Aber das hättest du schon nach fünf Minuten ...«

Das Sams ließ ihn nicht aussprechen und sagte: »Ich bin müde. Ich will nicht stundenlang reden, mitten in der Nacht. Ich will jetzt schlafen wie ein Wafen.«

Es gähnte laut und streckte sich auf dem Wollteppich aus.

»Was ist denn ein *Wafen*?«, fragte Martin.

»Ein Wafen ist das Wort, das sich auf ›schlafen‹ reimt. Weiß doch jeder«, sagte das Sams und gähnte noch einmal. »Und du solltest auch endlich schlafen. Wieso bist du überhaupt noch wach? Weißt du nicht, wie spät es ist? Die Mitternacht ist längst vorbei, es ist schon mindestens halb zwei.«

Dann hatte es doch noch eine Frage. »Darf ich überhaupt bei dir bleiben?«

»Aber natürlich. Ich freue mich sehr, dass du wieder da bist«, sagte Martin. »Ich war ziemlich sauer auf dich, weil du einfach verschwunden bist. Nicht mal verabschiedet hast du dich.«

»Das ist leider immer so bei Samsen. Sie kommen und gehen wieder«, sagte das Sams. »Das kann ich auch nicht ändern.«
»Bedeutet das, dass du auch diesmal plötzlich wieder verschwindest?«, fragte Martin.
»Diesmal ist es anders«, sagte das Sams. »Diesmal kann ich bleiben. Wenn du es willst.«
»Natürlich will ich es.«
»Ich habe aber keine Punkte mehr.«
»Ist doch egal. Du bist auch ohne Punkte mein Freund«, sagte Martin.
In diesem Augenblick wurde die Tür zu Martins Zimmer geöffnet. Sein Vater kam im Schlafanzug herein und fragte leise: »Kannst du nicht schlafen, Martin? Du hast noch Licht?«
»Ich habe nicht nur Licht, sondern auch Besuch«, sagte Martin.
Herr Taschenbier kniff die Augen zusammen, wie immer, wenn er ohne Brille etwas erkennen wollte.
»Das ist doch ... das ist ja das Sams!«, rief er.
»Ja, Papa Taschenbier. Ich bin wieder bei euch«, sagte das Sams, ging zu ihm hin und umarmte ihn.
»Das Sams!«, wiederholte Herr Taschenbier und drückte es an sich.
»Papa Taschenbier? Das klingt komisch«, sagte Martin.

Sein Vater kam zu ihm und setzte sich auf die Bettkante.
»Martin, du musst nicht eifersüchtig sein«, sagte er.
Martin lachte. »Das bin ich wirklich nicht, Papa.«
»Ich kenne das Sams schon ganz, ganz lange«, sagte sein Vater. »Es kam zu mir, als du noch gar nicht geboren warst, und hat mich einfach zu seinem Papa erklärt.«
»Das weiß ich doch«, sagte Martin. »Aber wenn du auch der Papa vom Sams bist, dann ist das Sams ja so was wie mein Bruder.«

»Dein großer Bruder«, sagte das Sams. »Weil ich ja schon vor dir da war.«
Herr Taschenbier lachte. »Vielleicht doch eher sein kleiner Bruder?«, fragte er. »Martin ist mindestens zehn Zentimeter größer als du.«
»Dann bin ich eben Martins kleiner großer Bruder«, sagte das Sams. »Und jetzt wird nicht mehr geredet! In Martins jungem Alter sollte man nachts um halb zwei nicht stundenlang herumquatschen, sondern schlafen.«
»Dann gute Nacht, ihr zwei«, sagte Herr Taschenbier.

»Mama wird staunen, wenn ich ihr erzähle, dass unser Sams wieder da ist.«
Er ging aus dem Zimmer und schloss leise die Tür.
»Tina und Roland werden auch staunen, wenn sie dich wiedersehen«, sagte Martin.
»Du meinst deine Freundin Tina-Margarina?«
»Genau die!«, sagte Martin.
»Und deinen Freund Roland-Flohbrand?«, fragte das Sams.
»Hör auf, alle Namen zu verdrehen. Sonst nenn ich dich Sams-Bams oder Sums-Bums!«, sagte Martin.
»Jetzt aber wird endlich und endgültig geschlummert, gepennt und geschnarcht. Wenn nicht sogar geschlafen«, sagte das Sams. »Und zwar tief und fest wie ein Vogel im Nest. Gute Nacht.«
Martin gähnte und löschte das Licht.
»Gute Nacht, kleiner großer Bruder«, murmelte er, drehte sich auf die Seite und war gleich darauf wieder eingeschlafen.

Roland und Samantha

»Roland ist verliebt! Roland Steffenhagen ist ver-liiiiebt!« Leander Plattners Spottgesang hallte über den ganzen Schulhof. Er stand auf der niedrigen Mauer, die den Hof umgrenzte. Dort hatte er auf Roland gewartet.

Es war Mittag. Fast alle Schüler waren schon auf dem Heimweg.

Nur Martin Taschenbier hatte wieder mal vergessen, seine Jacke mitzunehmen, und sie oben an der Garderobe vor dem Klassenzimmer hängen lassen. Er hatte es noch rechtzeitig gemerkt und war die Stufen hochgerannt, um sie zu holen. Gleich würde nämlich der Hausmeister die Schultür abschließen.

Roland stand unten neben dem Eingang. Er wartete da auf seinen Freund Martin.

»Ich muss Leander mal kräftig in den Hintern treten«, schimpfte Roland, als Martin mit der Jacke in der Hand bei ihm ankam.

»Roland und Samantha! Roland und Samantha!« Leanders Spottgesang hörte nicht auf.

Ein paar Schüler, die sich im Pausenhof unterhalten hatten und noch nicht gegangen waren, lachten und blickten zu Roland hin.
Er war nahe daran, sich auf Leander zu stürzen.
Martin nahm Roland beim Arm. »Reg dich nicht auf! Lass den Plattfuß singen, bis er heiser wird«, sagte er und zog seinen Freund vom Schulhof. »Hör einfach nicht hin!«
»Immer heißt es gleich ›verliebt, verliebt, verliebt‹«, schimpfte Roland. »Das nervt. Man kann doch als Junge mit einem Mädchen ganz normal befreundet sein!«
»Ja, klar. Aber eines musst du zugeben: Seitdem du mit Samantha ganz normal befreundet bist, sehen wir uns viel weniger. Du triffst dich ja fast jeden Nachmittag mit ihr«, sagte Martin.
»Stimmt«, gab Roland zu. »Trotzdem muss der Plattfuß so was nicht laut herausbrüllen.«
Eine Weile gingen sie stumm nebeneinanderher. Roland schien nachzudenken.
»Aber es ist nicht einseitig«, sagte er schließlich.
»Was meinst du mit ›einseitig‹?«, fragte Martin.
»Samantha kann mich auch gut leiden«, sagte Roland. »Wir sind echte Freunde. Oder findest du nicht?«
»Doch, das seid ihr«, sagte Martin.
»Manchmal kann ich es noch gar nicht glauben, dass

ich eine Freundin habe«, sagte Roland. »Ausgerechnet Samantha!«
Da sprach Roland aus, was Martin schon oft gedacht hatte. Es war wirklich kaum zu glauben: Roland und Samantha!
Samantha hatte kurz geschnittene Haare, trug eine auffallende, blau-rot gestreifte Brille und war fast einen halben Kopf größer als Roland.
Mitten im Schuljahr war sie in Tinas Klasse gekommen. Ihr Vater war Amerikaner, ihre Mutter Deutsche. Sie hatte erst in Deutschland, dann zwei Jahre in New York gewohnt. Nun waren ihre Eltern wieder zurückgezogen. Obwohl Samantha in Deutschland groß geworden war, sprach sie jetzt mit einem ganz leichten amerikanischen Akzent. Wenn sie wütend oder aufgeregt war, konnte es sogar passieren, dass sie auf Englisch schimpfte, ohne dass es ihr bewusst war.

Tina hatte sich rasch mit Samantha angefreundet. Und weil Tina Martins Freundin war und Roland Martins Freund, hatte es nicht lange gedauert, bis Samantha Roland kennenlernte.

Sie hatten sich bei Tina getroffen. Roland war an diesem Tag gut gelaunt gewesen und hatte eine witzige Bemerkung nach der anderen gemacht.
Am nächsten Tag hatte Samantha zu Tina gesagt: »Er ist wirklich witzig, dieser Roland. Really! Findest du nicht auch?«
Tina hatte zugestimmt und sich nichts weiter dabei gedacht.
Sie war genauso erstaunt wie Martin, als sich herausstellte, dass sich Samantha und Roland regelmäßig trafen, zusammen durch die Kaufhäuser zogen, Hausaufgaben machten, bei Samanthas Eltern Eistee tranken oder bei Roland die neuesten Computerspiele spielten. Dabei durfte Samantha sogar die Tastatur bedienen. Das ließ Roland nicht einmal bei seinem Freund Martin zu.
Am Obstmarkt trennte sich der Weg der beiden Freunde. Roland musste nach rechts, zum Weidenufer, Martin nach links, zur E.T.A.-Hoffmann-Straße.
Sie blieben stehen.
»Kommst du heute Nachmittag mal wieder zu mir?«, fragte Martin. »Tina ist dann auch da. Wir könnten im Garten Tischtennis spielen. Wir spielen ein Doppel. Tina und ich gegen dich und das Sams.«
»Warum soll ich mit dem Sams in eine Mannschaft?«, fragte Roland. »Es ist doch dein Sams, nicht meins.«

»Ich spiele aber lieber mit Tina zusammen«, sagte Martin.
»Und warum?«, fragte Roland.
»Das weißt du genau: weil Tina meine Freundin ist.«
»Eben!«, sagte Roland.
»Was heißt ›eben‹?«, fragte Martin.
»›Eben‹ heißt, dass man am liebsten mit einer Freundin zusammen spielt. Warum darf Samantha nicht mitspielen?«
Martin zögerte mit der Antwort. »Sie kennt doch das Sams nicht.«
»Eben«, sagte Roland, jetzt schon zum zweiten Mal. »Ich kenne das Sams, Tina kennt es, aber Samantha schließen wir aus.«
»Du meinst, sie sollte das Sams kennenlernen?«
»Logisch!«, sagte Roland.
»Aber das ist doch unser Geheimnis. Tina, du und ich, wir haben uns versprochen, dass nicht alle wissen sollen, dass es ein Sams gibt.«
»Samantha ist nicht ›alle‹! Entweder sie kommt mit, oder du musst mit Tina allein spielen«, sagte Roland.
»Na gut«, sagte Martin. »Aber sie muss versprechen, dass sie niemand davon erzählt.«
»Logisch«, sagte Roland. »Wir werden sie vorsichtig auf das Sams vorbereiten. Ich treff sie um drei hier am Obstmarkt. Kommst du auch?«

»Warum ich?«, fragte Martin. »Ihr kommt doch zu mir.«
»Weil du mehr über das Sams weißt als ich. Wir gehen zusammen zu euch, und unterwegs erzählen wir ihr alles.«
»Einverstanden!«, sagte Martin. »Dann kann Tina auch zum Treffpunkt kommen, und wir marschieren gemeinsam los.«

Samantha glaubt kein Wort!

Als Samantha kurz nach drei am Obstmarkt eintraf, staunte sie. Sie wurde nicht nur von Roland erwartet, sondern auch von Martin und Tina.

»Wartet ihr alle auf mich?«, fragte sie. »Was ist los? Ihr macht einen so feierlichen Eindruck. Hat jemand Geburtstag oder was?«

»Nein, wir wollen dich nur fragen, ob du mitkommst zu mir. Wir wollen Tischtennis spielen. Gemischtes Doppel«, sagte Martin.

»Schön«, sagte Samantha. »Gehen wir also los.«

Zu viert gingen sie nebeneinanderher. Das war gar nicht einfach, denn sie mussten ständig entgegenkommenden Fußgängern ausweichen. Roland ging links von Samantha, Martin rechts, und da Tina nicht hinter den dreien hergehen wollte, hielt sie sich dicht an Martin.

Eine Weile gingen sie so und unterhielten sich über Nebensächlichkeiten, wie über ihre Lehrer und die Schule.

Schließlich flüsterte Tina ihrem Freund zu: »Jetzt sag ihr doch endlich was vom Sams!«
Martin räusperte sich und sagte: »Samantha, wenn wir jetzt zu mir nach Hause kommen, dann ist da jemand.«
»Logisch«, sagte Samantha.

Roland nickte ihr zu. »Ja, logisch«, wiederholte er.
»Du weißt es?« Martin war verwirrt. Er fragte Roland: »Hast du ihr schon was erzählt?«
Roland schüttelte den Kopf.
Samantha lachte. »Ist doch klar, dass deine Eltern da sind. Oder wohnst du allein?«
»Ja, das stimmt, meine Mutter ist zu Hause«, antwortete Martin. »Mein Vater ist noch bei der Arbeit. Es ist aber noch jemand da.«
»Jetzt mach's doch nicht so spannend«, sagte Samantha. »Hast du einen Bruder oder eine Schwester?«
»Nein«, sagte Martin.
Ehe Samantha weiterfragen konnte, sagte Tina: »Er hat ein Sams.«
»Ein was?«, fragte Samantha.
»Ein Sams«, wiederholte Roland. »Los, Martin, jetzt erzähl ihr schon alles!«

»Am besten, ich erzähl mal, wie es aussieht«, fing Martin an. »Es hat eine etwas komische Nase, die sieht fast wie ein Rüssel aus ...«
»Warum nennst du es immer ›es‹?«, fragte Samantha. »Ist es ein Junge oder ein Mädchen?«
»Das ist schon die erste Schwierigkeit. Es ist weder ein Junge noch ein Mädchen, es ist einfach ein Sams«, sagte Martin.
»Aha, ein Sams«, sagte Samantha und blieb stehen.

»Es ist kein Junge und kein Mädchen und hat einen Rüssel!« Sie wandte sich an Roland. »Dein Freund macht sich über mich lustig, und du findest das auch noch gut, was? Das ist nicht fair!«
Tina mischte sich ein. »Nein, Samantha, du musst ihm glauben. Ich hab genau dasselbe zu ihm gesagt, als er mir zum ersten Mal vom Sams erzählt hat. Ich war ganz sauer auf ihn und wollte nichts mehr von ihm wissen.«
»Und dann?«, fragte Samantha.
»Dann hab ich das Sams gesehen. Es war genau so, wie er es damals beschrieben hat: rote Haare, eine komische Nase und blaue Punkte im Gesicht.«
»Wunschpunkte!«, ergänzte Roland.
»Die hat es aber nicht mehr. Die hat jetzt Herr Daume«, sagte Martin.
»Daume? Wer ist denn Herr Daume?«, fragte Samantha.
»Unser ehemaliger Sportlehrer. Er ist jetzt in einer Nervenklinik, soviel ich weiß«, erzählte Martin weiter.
»Mich könnt ihr auch dort einweisen, wenn ihr so weitermacht«, sagte Samantha. »Was sind das für Punkte? Sind die wichtig?«
»Und ob!«, sagte Roland. »Damit kann Martin alles wünschen, was er will.«
»Aha, Martin kann alles wünschen«, wiederholte

Samantha. »Dann wünsch doch mal was, Martin! Wünsch einfach, dass ich eure Geschichte glaube!«

»Das kann ich nicht, weil ja Herr Daume nicht da ist. Die Wünsche gehen nur in Erfüllung, wenn er hört, was ich wünsche.«

»Ich glaube euch kein Wort«, sagte Samantha. »Und ich habe große Lust, mich umzudrehen und euch hier stehen zu lassen. Yes, genau das werde ich tun.«

Roland hielt sie am Arm fest.

»Bitte, Samantha. Du musst uns glauben. Bitte, bleib hier!«, bat er. Und zu Martin gewandt: »Du erzählst auch so, dass man es gar nicht kapieren kann. Erzähl doch einfach ganz logisch! Einfach der Reihe nach!«

»Da muss ich mit meinem Vater anfangen«, sagte Martin. »Einmal schien am Sonntag die Sonne, und am Montag kam Herr Mon zu Besuch ...«

»Herr Mon? Wer ist denn das schon wieder?«, fragte Samantha.

»Das ist ein Freund von Martins Vater«, sagte Tina. »Jetzt lass doch die Einzelheiten weg und erzähl einfach, dass eines Tages zu deinem Vater ein Sams gekommen ist, das blaue Wunschpunkte im Gesicht hatte, mit denen er sich Wünsche erfüllen konnte.«

»Und irgendwann ist das Sams dann wieder verschwunden. Als alle Punkte aufgebraucht waren«, sagte Roland. »Aber es hat die S. R. Tr. dagelassen.«

»Was hat es dagelassen?«, fragte Samantha.
»Die Sams-Rückhol-Tropfen«, übersetzte Martin. »Wollt *ihr* jetzt meine Geschichte erzählen, oder darf ich es sagen?«
»Erzähl du!«, sagte Roland. »Aber bring nicht alles durcheinander!«
»Jahre später habe ich die Sams-Rückhol-Tropfen aus Versehen mit ins Schullandheim gebracht und sie eingenommen. Ich hatte keine Ahnung, was das für Tropfen waren. Und schon stand das Sams vor mir.«
»Und dann?«, fragte Samantha. Sie schaute immer noch zweifelnd von Roland zu Martin.
Bevor Martin wieder alles in allen Einzelheiten erzählen konnte, sagte Tina schnell: »Und dann hat unser Sportlehrer, Herr Daume, die Tropfen geklaut und das Sams damit zu sich geholt. Irgendwie hat Martin Herrn Daume überlistet und das Sams befreit. Wie das funktioniert hat, weiß ich selber nicht genau. Das kann nur Martin erzählen. Und jetzt komm endlich mit, Samantha! Wenn du das Sams siehst, wirst du uns schon glauben.«
»Wenn man um Mitternacht auf ein Hausdach steigt und ›Gatsmas‹ ruft ...«, fing Martin an.
Samantha unterbrach schon wieder. »Gatsmas? Was heißt ›Gatsmas‹?« Sie sprach das Wort englisch aus, es klang wie »Gättsmäss«.

»Das ist ›Samstag‹, rückwärtsgelesen«, erklärte Roland.

»Soll ich jetzt erzählen, oder erzählst du?«, fragte Martin.

»Sei nicht beleidigt«, sagte Tina. »Erzähl uns lieber, warum Herr Daume blaue Punkte gekriegt hat!«

»Das wollte ich ja gerade erzählen: Wenn man genau um Mitternacht mit dem Sams auf dem Dach sitzt und ›Gatsmas‹ ruft, bekommt man blaue Wunschpunkte im Gesicht. Und dann darf das Sams damit wünschen«, sagte Martin.

»Genau so ist es«, bestätigte Roland.

Samantha blickte ungläubig von Roland zu Martin und von ihm zu Tina. Man konnte ihr ansehen, dass sie kein Wort glaubte und die drei am liebsten stehen gelassen hätte und weggerannt wäre.

Roland nahm sie bei der Hand.

»Komm einfach mit, dann siehst du es selbst«, sagte er.

Samantha staunt

Die vier wurden von Martins Mutter an der Haustür begrüßt.

»Das ist bestimmt Samantha, von der Martin und Tina schon so viel erzählt haben«, sagte sie. »Kommt rein!«

»Was haben sie denn erzählt? Woher wissen Sie gleich, dass ich es bin?«, fragte Samantha, während sie mit den anderen ins Haus ging.

»Sie haben deine Brille beschrieben«, sagte Frau Taschenbier.

»Ach so«, sagte Samantha. Sie schob ihre Brille mit dem Zeigefinger ein bisschen höher.

»Setzt euch erst mal an den Wohnzimmertisch. Ich habe für euch Kuchen gekauft, nachdem Martin erzählt hat, dass ihr heute Nachmittag zu uns zum Tischtennisspielen kommt«, sagte Frau Taschenbier. »Gleich gibt's eine Überraschung für Samantha. Martin und Tina können sich schon denken, was ich meine.«

»Ich auch«, sagte Roland.

»Der Kuchen kommt sofort!«, sagte Frau Taschenbier und ging in die Küche.

»Fünf Teller«, zählte Samantha. Sie fragte Martin: »Isst deine Mutter mit uns?«

Als hätte es auf diese Frage gewartet, kam in diesem Augenblick das Sams ins Zimmer und rief: »Hier kommt der Kuchen, den alle gleich versuchen!«

In der rechten Hand balancierte es eine Kuchenplatte mit Obstkuchen, während es mit dem Zeigefinger der linken Hand die Sahne von den Kuchenstücken wischte und sich in den Mund schob.

»He, Sams, lass das!«, rief Martin und sprang auf. »Du kannst uns nicht einfach die Sahne vom Kuchen nehmen. Noch dazu mit dem Finger!«

»Doch, das kann ich«, antwortete das Sams. »Ich muss es sogar. Sonst wisst ihr doch nicht, ob drunter ein Erdbeerkuchen ist oder ein Himbeerkuchen oder Brombeerkuchen oder Apfelkuchen oder Kirschkuchen ...«

»Oder Birnenkuchen oder Aprikosenkuchen«, sagte Samantha lachend.

»Sehr gut! Dieses unbekannte Mädchen versteht was von Kuchensahne und Sahnekuchen«, lobte das Sams und fing gleich an zu singen:

»Man soll von allen Kuchenecken
erst einmal die Sahne schlecken.
Denn so kann man schnell entdecken,
welches Obst darunter steckt.
Ist erst die Sahne abgeschleckt,
ist das Obst nicht mehr verdeckt.«

»Das unbekannte Mädchen heißt Samantha«, sagte Samantha. »Und du heißt höchstwahrscheinlich Sams.«
»Da hast du höchstwahrscheinlich recht«, sagte das Sams, setzte sich mit an den Tisch, nahm sich ein Stück Apfelkuchen in die rechte und ein Stück Kirschkuchen in die linke Hand, biss erst ins linke Kuchenstück und gleich darauf ins rechte und wünschte danach mit vollem Mund: »Guten Appetit!«
Während sich Martin, Tina und Roland jeder ein Stück Kuchen auf den Teller holten, saß Samantha nur da und betrachtete staunend das Sams.
»Verrätst du mir, ob du ein Junge oder ein Mädchen bist?«, fragte sie. »Entschuldige, aber ich kann es nicht erkennen.«

»Du musst dich gar nicht dafür verschuldigen«, sagte das Sams kauend. »Ich bin sowohl ein Junge als auch ein Mädchen. Eben ein Sams.«
»Aha, ein Sams«, sagte Samantha. »Und warum hast du diesen sonderbaren Anzug an? Willst du schwimmen gehen?«
»Nein, will ich nicht«, sagte das Sams. »Ich hab ihn an, weil er mein dehnbarer, abwaschbarer, wunderbarer Lieblingsanzug ist.«
Samantha nahm sich nun auch ein Stück Kuchen. Aber sie fing noch nicht an zu essen, sondern betrachtete immer noch aufmerksam das Sams.
»Wieso hast du behauptet, dass das Sams einen Rüssel hat?«, fragte sie Martin. »Es hat zwar eine große Nase, und die Nasenlöcher sitzen nicht ganz unten, sondern eher vorn. Aber Rüssel kann man das wirklich nicht nennen.«
»Danke!«, rief das Sams. »Endlich sagt mal jemand, dass ich eine ganz normale, monumentale Nase habe.«
Martin schaute das Sams aufmerksam an. »Samantha hat recht«, sagte er. »Es ist mir noch gar nicht aufgefallen. Aber deine Nase ist nicht mehr so rüsselig, wie sie mal war.«
»Also ist sie wirklich menschlicher geworden«, murmelte das Sams. »Das Übersams hatte wohl recht.«

»Wer hatte recht?«, fragte Tina.
»Der Hecht«, behauptete das Sams schnell.
»Welcher Hecht?«, fragte Roland.
»Das ist reiner Unsinn. Das sagt das Sams doch nur, weil es sich reimt«, erklärte Martin ihm.
»So? Unsinn?«, fragte das Sams. »Ich finde, dass der Hecht sogar überaus richtig recht hat:

›Im Vergleich zum Wal
wirkt der Aal recht schmal‹,
sagt der Hecht mit Recht.«

Samantha lachte. »Ich weiß gar nicht, warum ihr so ein Geheimnis um das Sams macht«, sagte sie. »Wenn es nicht diesen ›wunderbaren, dehnbaren‹ Taucheranzug anhätte, würde es in der Stadt kaum auffallen.«
»Meinst du wirklich?«, fragte Martin.
»Ehrlich?«, fragte Roland.
»Ja, wenn es eine Hose und einen Pullover von Martin anziehen würde und ein Paar richtige Schuhe ...«
»Was hast du gegen Taucherflossen? Die passen mir wie angegossen«, unterbrach das Sams sie.
Samantha ließ sich nicht ablenken. »Meint ihr nicht?«
Martin zuckte die Schultern. Tina sagte: »Ich weiß nicht recht.« Auch Roland wiegte den Kopf unentschlossen hin und her.

»Ich mache einen Vorschlag: Wir lassen das Tischtennisspielen und ziehen das Sams anders an«, sagte Samantha.
»Niemand zieht mich anders an!«, protestierte das Sams.
»Warum denn nicht?«, fragte Samantha.
»Weil ich mich selber anders anziehe«, sagte das Sams. »Ich bin doch kein Baby, das angezogen werden muss.«
»Gut«, sagte Samantha. »Das Sams zieht also einen Pullover, eine normale Hose und Schuhe an. Dann gehen wir zusammen in die Stadt. Ich wette mit euch, dass es niemandem auffällt.«
»Wie willst du das feststellen?«, fragte Martin.
»Wir gehen mit ihm, und dann sehen wir ja, ob sich die Leute neugierig nach ihm umdrehen oder nicht.«
»Und was ist, wenn du deine Wette verlierst?«, fragte Roland.
»Dann muss ich euch alle zu einem kleinen Eis einladen«, schlug Samantha vor.
»Mich auch?«, fragte das Sams.
»Ja, dich auch«, bestätigte sie. »Und wenn ich gewinne, müsst ihr mir den Eisbecher Giganto im Venezia spendieren. Der ist nicht billig, das wisst ihr!«
»Ist das der mit den Amarenakirschen, den Schokostreuseln und dem Fruchtsirup?«, fragte Tina.

»Und mit Sahne«, sagte Samantha. »Einverstanden?«
»Ich bin einverstanden«, sagte Tina.
»Ich auch«, sagte Martin.
Roland zögerte.
Martin fragte: »Und du, Roland?«

»Kann mir jemand das Geld leihen, falls wir verlieren?«, fragte Roland. »Mein Taschengeld für diese Woche ist schon weg.«
Samantha lachte. »Ich leih es dir!«
»Dann bin ich auch einverstanden«, sagte Roland. »Die Wette gilt.«
In der nächsten Viertelstunde waren alle damit beschäftigt, dem Sams immer neue Kleidervorschläge zu machen, ihm Pullover, Hemden, Hosen und Schuhe anzubieten.
Im karierten Hemd sah das Sams ganz passabel aus. Aber die Jeanshosen von Martin waren ihm viel zu eng. Sie ließen sich über dem dicken Sams-Bauch nicht schließen.
»Ob uns dein Vater eine Hose leiht?«, fragte Samantha.
»Papa ist doch gar nicht zu Hause«, sagte Martin.
»Er muss ja nicht unbedingt wissen, dass er seine Hose verleiht«, sagte Samantha.

»Logisch!« Roland nickte. »Los, Martin! Her mit Papas Hose!«
Die Hose von Herrn Taschenbier ließ sich immerhin schließen, war aber ein ganzes Stück zu lang. Doch auch das konnte man regeln. Samantha schlug sie ein paarmal um.
»Was für Schuhe willst du anziehen?«, fragte Tina. »Du hast ziemlich merkwürdige Füße, das musst du zugeben.«
»Meine Füße muss ich überhaupt nicht dazugeben«, sagte das Sams. »Die breiten Schuhe von Papa Taschenbier, die hatte ich schon an, die passen mir.«
Als das Sams fertig angezogen war, stand es lange vor dem Spiegel und betrachtete sich von allen Seiten. Die anderen schauten neugierig zu.
»Na, wie findest du dich?«, fragte Martin.
»Ziemlich erheblich menschlich«, sagte das Sams. »Aber wenn wir aus der Stadt zurück sind, darf ich wieder aus den Schuhen hüpfen und in meine Flossen schlüpfen!«
»Versprochen«, sagte Martin.

»Und meinen liebsten, bequemen, angenehmen Taucheranzug darf ich auch wieder anziehen?«
»Auch versprochen«, sagte Martin. »Hier im Haus darfst du anziehen, was du magst.«
Samantha war mit dem Aussehen des Sams noch nicht ganz zufrieden. Schließlich wollte sie ihre Wette gewinnen.
»Martin, du hast doch bestimmt eine Schirmmütze. Kannst du die dem Sams mal ausleihen?«, fragte sie.
Sie setzte dem Sams Martins Schirmmütze auf. Es war nicht einfach, sie über die störrischen roten Haare zu ziehen. Aber schließlich saß sie fest auf dem Kopf.
Kurz darauf marschierten die fünf durch die Stadt. Samantha und Roland gingen voraus. Das Sams ging dahinter. Dann kamen Martin und Tina. Alle vier hatten die Aufgabe, die entgegenkommenden Menschen genau zu beobachten. Ob sie verblüfft guckten, wenn sie das Sams sahen, oder sich sogar erstaunt nach ihm umdrehten.
Als sie schließlich beim Eiscafé Venezia ankamen, fragte Samantha: »Hat jemand von euch etwas Auffälliges gesehen? Hat sich jemand umgedreht? Hat jemand das Sams angeglotzt? Ganz ehrlich!«
»Nein«, sagte Roland.
»Keiner hat komisch geguckt«, sagte Martin.
»Niemand hat sich umgedreht«, bestätigte Tina.

»Das bedeutet also, dass ich meine Wette gewonnen habe und jetzt von euch den großen Eisbecher spendiert bekomme. Stimmt's?«, fragte Samantha.
Alle nickten und kramten in ihren Taschen nach Kleingeld.
»So ein Mist!«, schimpfte das Sams. »Ich war einfach schafsdumm, hühnerdämlich, schweinedoof!«
»Warum schimpfst du? Was ist los?«, fragte Martin. »Ganz davon abgesehen, dass Schweine gar nicht so dumm sind, wie du meinst.«
»Ich habe nicht mitgedacht«, sagte das Sams. »Wenn Samantha die Wette gewinnt, kriegt ja nur sie was und ich nicht. Ich hätte allen Leuten die Zunge rausstrecken sollen oder Grimassen schneiden. Dann hätten sie sich nach mir umgedreht, Samantha hätte ihre Wette verloren und ich bekäme von ihr jetzt ein Eis.«
»Das wäre aber sehr unfair gewesen«, sagte Samantha. »Zur Belohnung, dass du mitgemacht hast, kriegst du von mir das kleine Eis, das ich dir spendiert hätte, wenn meine Wette danebengegangen wäre.«
»Ein Eis, ein kleines, ist immer noch besser als keines«, sagte das Sams zufrieden. »Dann bestell mal ganz schnell!«
Nun, da Martin wusste, dass er unbesorgt und unentdeckt mit dem Sams losziehen konnte und es nicht einmal Aufsehen erregte, wenn sie auf dem Markt-

platz nebeneinander am Rand des Springbrunnens in der Sonne saßen, nahm er immer öfter das Sams mit, wenn er in die Stadt ging.
Meistens trafen sie sich nachmittags mit Martins Freunden. Sie tauschten Sammelkarten, betrachteten die Filmbilder im Aushang des Kinos, fuhren Tretboot auf dem kleinen See im Stadtpark oder schauten zu, wenn Tina in der Baseballmannschaft ihrer Schule ein Turnier spielte, und feuerten sie an.
Bis zu jenem Samstag, an dem sich einiges bei Familie Taschenbier ändern sollte.

Unerwarteter Besuch

Am Samstagnachmittag klingelte es an der Haustür von Familie Taschenbier.

Herr Taschenbier, der im Wohnzimmer saß und Zeitung las, rief hinter der Zeitung: »Martin, es hat geklingelt! Das ist Herr Mon, der wollte heute mal vorbeischauen.«

Dann blätterte er die Zeitungsseite um und las weiter.

Martin telefonierte im Nebenzimmer gerade mit Tina. Er nahm den Hörer vom Ohr und rief: »Mama, kannst du bitte mal aufmachen? Onkel Mon hat geklingelt. Ich telefoniere gerade!«

Aber seine Mutter konnte ihn nicht hören; sie war im Garten hinter dem Haus damit beschäftigt, eine Grünpflanze umzutopfen.

Es klingelte wieder, diesmal ziemlich lange.

Herr Taschenbier rief: »Martin! Mach doch mal auf!«

Martin hielt den Hörer mit der Hand zu und schrie: »Sams, hörst du nicht? Es hat geklingelt. Mach doch mal die Tür auf!«

Das Sams stand in der Küche vor dem Kühlschrank.

»Tür auf? Das hatte ich sowieso soeben gerade direkt vor«, sagte es, öffnete die Tür des Kühlschranks und betrachtete aufmerksam den Inhalt. Gleich darauf hatte es entdeckt, wonach es suchte, und reimte zufrieden:

»Die Kühlschranktür ist aufgemacht,
wo mich ein Würstchen lieb anlacht.
Es bittet mich, es rauszuholen,
und flüstert leise und verstohlen:
›Ich kann die Kälte nicht vertragen
und will in deinen warmen Magen.‹«

Als das Sams herzhaft in die Wurst biss, klingelte es ein drittes Mal.
Herr Taschenbier schüttelte unwillig den Kopf, legte die Zeitung beiseite, stand auf und ging zur Tür. Gleichzeitig sagte Martin ins Telefon: »Tina, ich muss Schluss machen, es hat bei uns geklingelt«, legte das Telefon auf und ging ebenfalls zur Tür. Nun hatte wohl auch Frau Taschenbier im Garten das Klingeln gehört. Und so kamen schließlich Herr Taschenbier, Frau Taschenbier und Martin gleichzeitig bei der Haustür an.

Aber draußen stand nicht Herr Mon, sondern ein unbekannter Mann.
Er trug einen langen, hellgrauen Regenmantel, der bis zu seinen Füßen reichte, hatte einen breitrandigen Lederhut auf dem Kopf und war gerade dabei, ein viertes Mal zu klingeln. Neben sich hatte er einen Koffer abgestellt. In der linken Hand hielt er eine sehr lange Hundeleine, deren anderes Ende hinter der Hausecke verschwand.
»Wird Zeit, dass jemand aufmacht!«, sagte er. »Höchste Zeit. Maxi würde sagen: allerhöchste Zeit!«
»Sie wünschen?«, fragte Herr Taschenbier.
»Sie wünschen, Sie wünschen!«, wiederholte der Unbekannte. »Seit wann sagen enge Verwandte *Sie* zueinander? Ist das bei euch in Deutschland jetzt Mode?«
»Was heißt ›enge Verwandte‹?«, fragte Herr Taschenbier.
Frau Taschenbier und Martin sagten erst mal gar nichts. Sie betrachteten nur erstaunt den merkwürdigen Mann im langen Mantel.
»Ich sehe, du erkennst mich nicht«, sagte der Unbekannte. »Dabei sind nicht mal vierzig Jahre vergangen, seitdem wir uns zuletzt gesehen haben.«
»Vor vierzig Jahren? Da war ich gerade drei«, sagte Herr Taschenbier.
»Drei? Stimmt genau. Du erinnerst dich also«, sagte

der Unbekannte zufrieden.

Die Leine in seiner Hand ruckelte, irgendetwas schien am anderen Ende zu ziehen. Der Mann begann nun an seinem Ende der Leine zu zerren.

»Komm, Wallaby! Ich will dir endlich Bruno vorstellen!«, rief er.

Ein Tier kam in kleinen Sprüngen um die Hausecke gehüpft.

»Das ... das ist kein Hund!«, sagte Martin.

»Hat ja auch keiner behauptet«, sagte der Mann. »Das ist ein Känguru. Wallaby ist ein bisschen schüchtern. Aber das verliert sich schnell, sobald du ihm etwas zu fressen gibst. Habt ihr einen Kopfsalat im Haus? Maiskörner tun's auch. Oder Haselnüsse.«

Das Känguru blieb einen Augenblick neben ihm stehen. Dann hatte es die Blumen entdeckt. Neben der Haustür stand nämlich ein großer Blumentopf, in den Frau Taschenbier Margeriten gepflanzt hatte. Das Känguru hüpfte auf sie zu und begann die weißen Blüten abzufressen.

»Ach, da hat es ja schon etwas Passendes gefunden«, sagte der Mann zufrieden. »Kamillenblüten sind gut für die Verdauung.«

»Erstens sind das keine Kamillen-, sondern Margeritenblüten«, rief Frau Taschenbier. »Und zweitens sind die nicht als Kängurufutter gedacht.«

»Du musst dich nicht entschuldigen«, sagte der Mann. »Du konntest ja nicht wissen, dass ihr Kängurubesuch bekommt.«

»Kängurubesuch! Kommen Sie ... kommst du aus Australien?«, fragte Herr Taschenbier. Nun schien ihm eine Idee zu kommen. »Bist du am Ende Onkel Alwin, Vaters älterer Bruder, der vor vierzig Jahren nach Australien ausgewandert ist?«

»Genau der«, sagte der Mann. »Nach Australien ausgewandert und nach Deutschland wieder eingewandert. Hat lange gedauert, bis du das kapiert hast. Na ja, du warst schon als Dreijähriger nicht gerade der

Hellste. Maxi würde sagen: ein bisschen schwer von Begriff!«

»Na, hören Sie mal, wie sprechen Sie von meinem Mann!«, sagte Frau Taschenbier. »Bruno ist vielleicht etwas zurückhaltend, aber bestimmt nicht dumm.«

»Hat ja auch keiner behauptet«, entgegnete Onkel Alwin jetzt schon zum zweiten Mal. »Wenn du Brunos Frau bist, solltest du übrigens Du zu mir sagen.« Er wandte sich an Martin: »Und du auch, falls du Brunos Sohn bist.«

»Ich heiße Martin«, sagte Martin.

»Und ich Margarete, werde aber Mara genannt«, stellte sich Frau Taschenbier vor.

»Eine sehr vernünftige Abkürzung«, sagte Onkel Alwin. »Man spart – lass mich rechnen –, spart auf diese Weise immerhin fünf Buchstaben.«

In diesem Augenblick kam das Sams zur Haustür und fragte: »Kann mir einer sagen, wo der Senf ist?«

Jetzt hatte es das Känguru entdeckt und fragte den Mann: »Ist das ein Känguru?«

»Denkst du vielleicht, ein Nilpferd?«, fragte der Mann.

»Nein, ich denke kein Nilpferd«, antwortete das Sams. »Ich denke nämlich niemals nicht Nilpferde, ich denke Gedanken.«

Onkel Alwin fragte Herrn Taschenbier: »Ist dieser oberkluge Denker vielleicht dein Jüngster?« Er betrachtete

das Sams mit schief gehaltenem Kopf. »Wieso hat er einen Taucheranzug an? Will er schwimmen gehen? Was hat er denn für eine komische Nase?«
»Die ist immer noch zehnmal schöner als deine rote Knollennase«, sagte das Sams.
Herr Taschenbier sagte schnell: »Nein, das ist nicht mein Sohn. Das ist – wie soll ich sagen – das Sams. Ja, das Sams eben.«
»Sams?«, fragte Onkel Alwin.
»Ja, Sams«, bestätigte das Sams. »Und wie heißt dein Känguru? Oder hat es keinen Namen?«
»Ich habe es Wallaby genannt. Ein guter Name für ein Känguru.« Er zog ein wenig an der Leine und rief: »He, Wallaby! He!«
Das Känguru blickte kurz auf. Dann fraß es die restlichen Margeritenblüten ab.
»Wallaby, das Känguru, Wallaby, das Känguru«, sang währenddessen das Sams. »Wallaby, das Känguru, macht seinen Beutel auf und zu.«
»Sehr witzig«, sagte Onkel Alwin. »Aber einen Beutel wirst du bei Wallaby nicht finden. Ich habe jedenfalls noch keinen entdeckt. Es scheint ein männliches Känguru zu sein.«
»Was heißt: Es scheint zu sein?«, fragte Martin. »Du wirst doch wohl wissen, ob dein Känguru ein Männchen oder ein Weibchen ist.«

Anstatt darauf zu antworten, sagte Onkel Alwin: »Wollt ihr mich nicht ins Haus bitten? Lässt man in Deutschland seine liebsten Verwandten einfach vor der Tür stehen?«

»Nein, nein. Komm rein, Onkel Alwin«, sagte Herr Taschenbier schnell. Frau Taschenbier fragte: »Aber was machen wir mit dem Känguru?«

»Das wird sich schnell an eure Wohnung gewöhnen. Da musst du dir überhaupt keine Sorgen machen«, sagte Onkel Alwin. Er rief: »Komm, Lallaby, komm!«, und zog an der Leine.

»Ich denke, es heißt Wallaby?«, fragte das Sams.

»Wallaby, Lallaby – was macht das schon aus!«, sagte Onkel Alwin, während er seinen Koffer vom Boden aufnahm. »Das Känguru hört es sowieso nicht. Es hat nämlich einen Hörschaden. Es ist stocktaub, würde Maxi sagen.«

Martin blickte ihn ungläubig an. Onkel Alwin lachte und drängte sich an Herrn Taschenbier, Frau Taschenbier, Martin und dem Sams vorbei in die Wohnung. Das Känguru an der Leine hüpfte mit ihm, Familie Taschenbier kam schnell hinterher.

Onkel Alwin zieht ein

Als die Taschenbiers ins Wohnzimmer kamen, hatte Onkel Alwin schon den Mantel ausgezogen und über einen Stuhl geworfen.

»Gemütlich habt ihr's hier!«, sagte er, während er die Leine des Kängurus losmachte. »Wallaby wird sich bestimmt bei uns wohlfühlen.«

Dann ließ er sich auf das Sofa fallen und legte die Füße auf den Tisch.

Das Känguru hüpfte durch die offene Verandatür in den Garten.

»Wird das Tier jetzt meine restlichen Blumen abfressen?«, fragte Frau Taschenbier mit besorgtem Blick. »Ich gehe mal lieber mit hinaus!«

»Keine Angst. Es will nur ein bisschen hüpfen«, rief Onkel Alwin hinter ihr her. Er nahm den Lederhut ab und hängte ihn über seine Stiefelspitze. Jetzt sah man, dass er kaum noch Haare auf dem Kopf hatte. Nur oberhalb der Stirn war ein dichtes Büschel stehen geblieben.

»Wenn die Haare wandern gehen,
ist der kahle Kopf zu sehen«,

sang das Sams.

»Lass die Frechheiten!« Herr Taschenbier versuchte streng zu blicken, musste aber unwillkürlich lachen. Das Sams ließ sich nicht stören und dichtete weiter:

»Alwins Haare sind verschwunden
und haben unten Platz gefunden.
Nun wachsen sie unter der Nase ...«

»Ah, du sprichst von meinem Schnurrbart«, sagte Onkel Alwin. »Der schönste, prächtigste Schnurrbart in ganz Australien, behauptet Maxi jedenfalls.«

»Wer ist eigentlich diese Maxi, die du schon ein paarmal erwähnt hast?«, fragte Herr Taschenbier. »Ist das deine Frau? Du hast mir gar nicht geschrieben, dass du geheiratet hast.«

»Maxi ist nicht meine Frau, es ist nicht einmal *eine* Frau. Es ist ein Mann. Und zwar mein Arbeiter auf der Farm. Eigentlich heißt er Maximilian. Aber wenn ich ihn Maxi nenne, spare ich jedes Mal sechs Buchstaben«, rechnete Onkel Alwin vor. »Ihr werdet vielleicht sagen: Das ist nicht viel. Aber auf die Dauer lohnt es sich. Durchschnittlich rufe ich zehn Mal am Tag nach ihm. Pro Tag sind das 60 gesparte Buchstaben. Das macht jede Woche eine Ersparnis von 420 Buchstaben aus.«

»Und pro Jahr sind das 21900«, sagte das Sams, das bekanntlich äußerst schnell rechnen konnte. »Und in zehn Jahren hast du dann schon mehr als zweihunderttausend Buchstaben gespart. Eine tolle Leistung.«

»Ja, Australien ist ein schönes, aber hartes Land«, sagte Onkel Alwin. »Da lernst du das Sparen, sonst gehst du unter. In eurem Haushalt muss man aber nicht so heftig sparen, nehme ich an. Eine Mahlzeit für einen lieben Gast ist wahrscheinlich jederzeit erschwinglich. Sehe ich das richtig?«

»Entschuldige, Onkel Alwin, wir haben noch gar nicht gefragt, ob wir dir etwas zu essen anbieten dürfen«, sagte Herr Taschenbier. »Die Überraschung war einfach zu groß.«

»Du musst dich nicht entschuldigen. Kann ja mal vorkommen, dass man vor lauter Überraschung die einfachsten Regeln der Höflichkeit vergisst«, sagte Onkel Alwin. »Ich hätte also gerne zwei Spiegeleier aus der Pfanne ...«

»Wird gemacht!«, sagte Herr Taschenbier.

»... mit nicht zu magerem Speck«, rief Onkel Alwin hinter ihm her. »Drei, vier Scheiben genügen.«

Herr Taschenbier kam zurück.

»Mit Speck?«, wiederholte er. »Mal sehen, ob wir welchen im Kühlschrank haben.«

»Wenn keiner da ist, kann dein Sohn ja welchen kaufen«, sagte Onkel Alwin. »Das macht er bestimmt gerne, seinem Großonkel zuliebe.«

Martin verdrehte die Augen und tippte sich mit dem Zeigefinger an die Stirn. Der Onkel konnte es nicht sehen, weil Martin hinter dem Sofa stand. Das Sams musste lachen.

»Und dieser lachende Sam oder Sums hier kann auch was tun«, sagte Onkel Alwin. »Er soll die Zwiebeln schneiden.«

»Die Zwiebeln?«, fragte Herr Taschenbier.

»Ja. Vor dem Speck müssen die Zwiebeln ins heiße Fett. Fein gewürfelt.«

»Fein gewürfelt«, wiederholte Herr Taschenbier.

»Dazu passen dann drei, vier Scheiben geröstetes Brot. Aber nicht so ein Vollkornbrot, wie es in Deutschland jetzt wohl Mode ist. Weißes Brot, verstehst du, Bruno? Weißes Brot.«

»Weißbrot«, wiederholte Herr Taschenbier. »Kann es auch Toastbrot sein?«

»Natürlich kann es das sein. Toastbrot ist bekanntlich weiß«, sagte Onkel Alwin. »Du stellst vielleicht dämliche Fragen!«

»Na, hör mal!«, sagte Herr Taschenbier. »Wie redest du mit mir?!«

Onkel Alwin ließ sich nicht beirren. »Maxi würde das sogar als ausgesprochen dumme Frage bezeichnen«, sagte er. »Aber so weit will ich nicht gehen. Immer höflich bleiben, das ist mein Grundsatz. Mit Höflichkeit kommst du sehr weit, sagt man bei uns in Australien.«

»Spricht man in Australien denn deutsch?«, fragte das Sams.

»Das können wir später klären. Erst muss ich Bruno beweisen, dass er ohne jeden Grund ein so beleidigtes Gesicht macht.« Onkel Alwin wandte sich an Martin: »Hast du schon mal schwarzes Toastbrot gesehen?«

»Nein«, sagte Martin.

»Da hörst du es!«, sagte Onkel Alwin und blickte Herrn Taschenbier triumphierend an.

Frau Taschenbier kam aus dem Garten zurück. »Dieses Känguru ist nicht zu bändigen!«, rief sie. »Die Hälfte meiner Blumen hat es schon gefressen.« Sie wandte sich an Onkel Alwin. »Kannst du das Tier bitte zu dir nehmen?«

»Gleich, gleich«, sagte Onkel Alwin. »Zuerst muss die Frage nach dem Toastbrot endgültig geklärt werden.«

»Was für ein Toastbrot?«, fragte Frau Taschenbier.

»Hast du schon mal schwarzes Toastbrot gesehen?«, fragte Onkel Alwin.

»Nein. Wieso?«, fragte Frau Taschenbier zurück.

»Hast du die Antwort deiner Frau gehört, Bruno?«, fragte Onkel Alwin. Er blickte das Sams an. »Und du? Hast du schon mal schwarzes Toastbrot gesehen?«

»Ja«, sagte das Sams.

»Ja?«, fragte Onkel Alwin.
»Ja. Einmal habe ich ein Brot auf dem Ofen getoastet. Es hat gerade mal eine Viertelstunde lang darauf gelegen. Danach war es sehr schwarz.«
»Aha, schwarz«, sagte Onkel Alwin ärgerlich.
»Und es hat geraucht«, ergänzte das Sams. »Martin und ich haben den Toast dann zum Malen genommen, als er wieder kalt war. Man konnte damit sehr schön dicke schwarze Striche ziehen.«
»Ach, daher kamen die schwarzen Streifen auf dem Küchenboden. Jetzt wird mir alles klar«, sagte Frau Taschenbier.
»Die Striche sind ganz und gar unwichtig«, sagte Onkel Alwin. »Wichtig ist, dass Bruno mir endlich was zu essen macht. Martin kann so lange ja schon den Koffer hochtragen in mein Zimmer.«
Herr Taschenbier, Frau Taschenbier und Martin blickten Onkel Alwin entsetzt an.
»Was ... was meinst du mit ›mein Zimmer‹?«, fragte Herr Taschenbier vorsichtig.
»Na, irgendwo muss ich ja wohl übernachten«, sagte Onkel Alwin. »Oder soll ich hier auf dem Fußboden schlafen?«
»Ja ... also, ich meine ...« Herr Taschenbier stotterte herum. »Wir ...«
Seine Frau sagte: »Onkel Alwin, wenn du uns ge-

schrieben hättest, dass du zu Besuch kommst, hätten wir dir ein Hotelzimmer in der Nähe bestellt. Wir werden sehen, ob noch eines frei ist.«
»Warum wollt ihr euch derartige Kosten machen?«, fragte Onkel Alwin. »Ihr werdet doch ein Bett für mich haben. Oder schickt man jetzt in Deutschland seine engsten Verwandten wieder weg?«
»Einen Moment, Onkel Alwin. Wir müssen schnell etwas besprechen«, sagte Herr Taschenbier. »Gleich sind wir wieder da.«
Er winkte seiner Frau und Martin zu und zog sich mit ihnen in die Küche zurück. Das Sams kam hinterher.
»Martin, vielleicht kannst du ja mal auf der Liege in Mamas Arbeitszimmer schlafen«, sagte Herr Taschenbier leise.
»Auf der Liege? Warum auf der Liege?«, rief Martin.
»Pssst!«, machte Herr Taschenbier. »Onkel Alwin kann doch mal in deinem Bett schlafen, oder nicht?«
»In Martins Bett? Meinst du wirklich?«, fragte Frau Taschenbier. »Das müsste ich dann aber frisch beziehen.«
»Ich will nicht in Mamas Arbeitszimmer schlafen«, sagte Martin.
»Ich auch nicht«, sagte das Sams. »Ich will auf meinem warmen, weichen Wollteppich in Martins Zimmer schlafen.

Wenn ich mich mit der Decke bedecke
und unter dieser Wolldecke stecke,
weiß ich beim Aufwachen immer:
Ich bin hier bei Martin im Zimmer!«

»Da hörst du es«, sagte Martin.

Sein Vater seufzte. »Martin, es ist ja nur für eine Nacht. Er ist schließlich mein Onkel. Ich kann doch einen engen Verwandten nicht vor die Tür setzen. Das siehst du doch ein, Martin?«

Martin sah das zwar kein bisschen ein. Aber seinem Vater zuliebe räumte er sein Zimmer und zog mit dem Sams um, ins Arbeitszimmer seiner Mutter.

Martin macht sich Sorgen

»Ist das echt wahr, was ihr beide da erzählt?«, fragte Roland. Martin nickte.

»Echtestens wahr und sonnenklar«, sagte das Sams und schob sich einen Löffel Schokoladeneis in den Mund.

Samantha sagte: »Nicht zu glauben!«

»Und du kannst nichts dagegen tun, Martin?«, fragte Tina.

Die fünf saßen draußen vor dem Eiscafé an einem der runden Metalltische. Die Sonne schien, aber sie hatten Schatten, denn Giovanni, der Kellner, hatte extra für sie einen der großen Sonnenschirme aufgespannt. Alle hatten einen kleinen Eisbecher vor sich stehen, aus dem sie eifrig löffelten. Am schnellsten löffelte das Sams. Jetzt, wo es seinen Taucheranzug nicht mehr trug, fiel es hier nicht auf.

»Wir haben alle gedacht, dass dieser Onkel am nächsten Tag wieder abhaut«, erzählte Martin. »Aber jetzt wohnt er schon fünf Tage in meinem Zimmer.«

»Nicht zu fassen«, sagte Roland.
»Wann will er denn abreisen?«, fragte Tina.
»Das weiß keiner. Wenn ihn Mama vorsichtig danach fragt, sagt er: ›Machst du dir etwa Gedanken, dass es mir bei euch nicht gefällt? Du brauchst dir wirklich keine Sorgen zu machen. Ich finde es sehr gemütlich bei euch!‹ Er denkt nicht daran, irgendwann abzureisen.«
»Ihr solltet ihn mal beim Essen sehen. Immer nimmt er sich die größten Portionen«, beschwerte sich das Sams. »Er ist so was von unbescheiden, das kann ich nicht leiden. Wenn ich das dickste Würstchen aufspießen will, hat er schon seine Gabel drin stecken. Und obwohl ich ganz schnell kaue, ist er damit schon fertig und nimmt sich gleich das nächste Würstchen.«
»Stimmt«, bestätigte Martin. »Und er will immer Ketchup dazu. Immer Ketchup, Ketchup, Ketchup!«
»Ja, manchmal hat er auch gute Ideen«, musste das Sams zugeben.
Martin erzählte weiter. »Wenn es mal keinen Nachtisch gibt, sagt er bestimmt: ›Bei euch in Deutschland ist es wohl nicht üblich, einem lieben Verwandten ein kleines Dessert anzubieten? Bei uns in Australien sagt man: Hast du einen lieben Gast, gib ihm das Beste, was du hast!‹ Dann springt Papa meistens auf und holt ein Eis aus dem Kühlschrank.«

»Auch das ist keine von seinen schlechtesten Ideen«, sagte das Sams, während es sich die Schlagsahne mit dem Zeigefinger aus dem Eisbecher holte. »Ein Eis nach dem Essen wird gerne gegessen.« Es kam ins Schwärmen. »Ein Eis aus Nüssen wird man auslöffeln müssen. Ein Eis mit Beeren wird man gerne verzehren. Ein Eis aus Zitrone ist wirklich nicht ohne.«

»Ist schon gut, wir haben verstanden«, sagte Roland. »Wir wissen, dass du gerne Eis löffelst.«

Aber das Sams ließ sich nicht bremsen und begann zu singen:

»Ein gutes Eis
ist selten heiß.
Ein Schoko-Eis
ist selten weiß ...«

»Sei bitte leise!«, zischte Martin ihm zu. »Die anderen Gäste gucken schon. Du bist auffällig genug mit deiner Nase. Du musst nicht auch noch laut singen.«

»Hast du jetzt auch was gegen meine Nase?«, fragte das Sams.
»Wieso *auch*? Wer hat denn noch was dagegen?«, fragte Tina.
»Das Übers... äh ...« Es verbesserte sich hastig. »Ich wollte sagen: das übersuperschlaue Onkelchen.«
»Jetzt lasst doch mal die Nase. Erzählt weiter!«, bat Samantha.
»Meine Nase kann ich nicht lassen. Die ist nämlich angewachsen«, erklärte ihr das Sams.
»Schon gut«, sagte Tina.

»Das klingt ja alles ziemlich heftig«, sagte Roland.
»Meine Nase?«, fragte das Sams.
»Die klingt überhaupt nicht.«
»Nein, die Geschichte von Martins Onkel«, sagte Samantha.
»Er sitzt den ganzen Tag nur rum und lässt sich bedienen«, erzählte Martin weiter.
»Was sagt denn deine Mutter dazu?«, fragte Samantha.
»Das ist ja das Problem«, sagte Martin. »Sie und Papa haben nicht direkt Streit, aber irgendwie sind sie jetzt immer schlecht gelaunt. Mama hat Papa sogar mal angeschrien, das hat sie vorher noch nie getan. Sie

will, dass Papa seinen Onkel endlich wegschickt. Aber Papa ist einfach zu freundlich.«
»Du meinst, zu zaghaft«, sagte Roland.
»Zu weichherzig«, schlug Tina vor.
»Zu nett?«, fragte Samantha.
Martin nickte. »Er kann einfach nicht Nein sagen. Er sagt dann zu meiner Mutter: ›Was soll ich denn tun? Es ist doch der Bruder von meinem Vater. Ich kann einen so engen Verwandten nicht einfach vor die Tür setzen. Lass mir ein bisschen Zeit, bald werde ich ihm klarmachen, dass er langsam wieder nach Australien zurückfliegen sollte.‹«
»Langsam kann er gar nicht fliegen«, sagte das Sams. »So ein Flugzeug fliegt immer schnell. Jedenfalls, wenn es in der Luft ist. Am Boden fliegt es weniger schnell.«
»Jetzt lass mal deine witzigen Bemerkungen für eine Weile sein«, sagte Tina. »Das Thema ist zu ernst. Du siehst doch, dass dein Freund Martin ganz unglücklich ist! Erzähl weiter, Martin!«
»Mama bittet Papa jetzt schon die halbe Woche, den Onkel wegzuschicken. Ich kann verstehen, dass sie sauer ist. Ich bin es nämlich auch. Und dann ist da ja auch noch das Känguru.«
»Känguru? Davon hast du mir noch gar nichts erzählt«, sagte Roland.

Samantha rief: »Habt ihr wirklich ein echtes, lebendiges Känguru?«
»Wallaby, das Känguru, macht keinen Beutel auf und zu. Weil es keinen hat«, sagte das Sams. »Es ist nämlich ein Männchen.«
Roland fragte nachdenklich: »Er hat also angeblich ein Känguru aus Australien mitgebracht?«
»Ja!«, sagte Martin.
»Das ist ja niedlich!«, rief Tina.
»Das niedliche Tier verwüstet jeden Tag unser Wohnzimmer, wirft die Stühle um, hat das Sofa angeknabbert und die Füllung rausgezogen«, sagte Martin. »Mamas Blumen im Garten sind auch alle abgefressen.«
»Das ist dann weniger niedlich«, musste Tina zugeben.
Roland überlegte. »Wie ist dein Großonkel denn aus Australien gekommen?«, fragte er.
»Wir haben ihn nicht danach gefragt«, sagte Martin. »Ich nehme an, mit dem Flugzeug.« Er lachte. »Er wird ja wohl nicht mit dem Schlauchboot rübergerudert sein.«
»Mit dem Flugzeug, sehr logisch«, bestätigte Roland. »Und sein Känguru?«
»Ich weiß nicht«, sagte Martin. »Wahrscheinlich mit demselben Flugzeug.«

»Ah – ja«, sagte Roland gedehnt. »Es saß angeschnallt im Sitz neben deinem Onkel und hat das Blatt mit den Sicherheitsvorschriften studiert, ja? Hast du dir das so vorgestellt?«

»Ich hab es mir überhaupt noch nicht vorgestellt«, sagte Martin. »Aber jetzt, wo du das sagst, frag ich mich auch, wie er das Känguru aus Australien hergebracht hat.«

»Weißt du was?«, fragte Roland. »Wir gehen jetzt einfach alle zu deinem Onkel und fragen ihn, wie sein Känguru nach Deutschland gekommen ist. Einverstanden?«

»Einverstanden«, sagten Tina, Samantha und Martin.

»*Ein*verstanden?«, fragte das Sams. »Ihr meint wohl vierverstanden? Und weil ich auch dafür bin, sind wir jetzt sogar fünfverstanden.«

Martin grinste dem Sams zu und sagte:

»Wir besuchen im Nu
das Känguru
und den Onkel dazu.«

Das Sams fand es wohl gar nicht witzig, dass nun auch Martin zu reimen anfing, und sagte ärgerlich: »So ein Unsinn. Wir besuchen den Onkel nicht im Nu, sondern im Haus.«

»Schon gut«, sagte Roland. »Und hör endlich damit auf, die Reste in allen leeren Eisbechern auszulecken! Komm mit!«

»Leere Eisbecher kann man gar nicht auslecken, weil in ihnen nichts mehr drin ist, wenn sie leer sind«, sagte das Sams. Es grinste Roland an: »Ist doch logisch, oder?«

Das Känguru

Als die vier Freunde mit dem Sams bei Taschenbiers klingelten, kam Martins Mutter zur Haustür, um ihnen zu öffnen.

»Wie schön. Martins Freunde kommen mal wieder zu uns«, sagte sie. »Ihr seid lange nicht mehr hier gewesen. Kommt rein.«

»Deine Mutter sieht ziemlich bedrückt aus«, flüsterte Tina Martin zu, während sie ins Haus gingen.

»Sag ich doch!«, flüsterte Martin zurück. »Daran ist nur der Onkel schuld.«

Zu seiner Mutter sagte er: »Sie wollen Onkel Alwin kennenlernen. Ist er da?«

Seine Mutter seufzte. »Ich wollte, ich könnte Nein sagen. Er ist im Wohnzimmer.«

»Und das Känguru?«, fragte Samantha.

»Keine Ahnung, wo es gerade herumhüpft«, sagte Martins Mutter. »Wahrscheinlich im Garten.«

Onkel Alwin lag auf dem Sofa und las Zeitung, als sie ins Wohnzimmer kamen.

»Hallo, Onkel. Darf ich dir meine Freunde vorstellen?«,

fragte Martin. »Das hier ist meine Freundin Tina, und das ist ...«
Weiter kam er nicht, denn Onkel Alwin unterbrach ihn.

»Martin, das ist sehr unhöflich von dir. Du platzt einfach hier rein und quasselst drauflos. Siehst du nicht, dass hier jemand Zeitung liest?«, fragte er. »Warum geht ihr nicht in dein Zimmer und spielt dort?«
»Spielen? Wir sind doch keine kleinen Kinder mehr«, sagte Roland.
Martin wurde richtig laut. »In mein Zimmer? Onkel Alwin, du weißt genau, dass ich kein Zimmer mehr habe, seitdem du dich dort einquartiert hast!«
»Was heißt hier ›einquartiert‹! Martin, diesen Ton verbitte ich mir«, sagte Onkel Alwin und setzte sich auf. »Ich muss gelegentlich mal mit deinem Vater über dich reden. Er lässt dir viel zu viel durchgehen.«
»Seit sich der Onkel einquartiert, ist der Martin angeschmiert«, sang das Sams. »Jetzt kann er nimmer in sein Zimmer. Der Onkel schläft in Martins Bett, das findet Martin gar nicht nett.«
Tina, Samantha und Roland mussten lachen.

»Dieses unverschämte Sams hätte ich schon lange rausgeworfen, wenn ich hier was zu sagen hätte«, knurrte Onkel Alwin.
»Es stimmt doch: Ich muss in Mamas Zimmer auf der Liege schlafen«, sagte Martin.
»Martin auf der Liege liegt, bis Alwin nach Australien fliegt«, dichtete das Sams weiter.
»Jetzt reicht's mir aber!«, rief Onkel Alwin ärgerlich und sprang auf.
Martins Mutter kam herein. »Was gibt's denn schon wieder zu schimpfen?«, fragte sie Onkel Alwin.
Bevor Onkel Alwin antworten konnte, sagte Martin schnell: »Er sagt, wir sollen in mein Zimmer gehen. In *mein* Zimmer, als ob ich noch ein eigenes Zimmer hätte!«
»Martin hat recht«, sagte sie. »Der Junge hat jetzt schon seit Tagen kein eigenes Zimmer mehr. Alwin, das ist ein unhaltbarer Zustand, muss ich dir sagen.«
»Dann sollen sie halt in deinem Arbeitszimmer spielen. Du arbeitest im Moment sowieso nicht an deinen Stoffentwürfen oder was du da oben machst«, sagte Onkel Alwin. »Hauptsache, sie stören nicht weiter.«
Tina, Samantha und Roland standen kopfschüttelnd dabei.
»Sind alle Australier so kinderfreundlich?«, fragte Samantha.

Onkel Alwin ging nicht darauf ein, setzte sich wieder aufs Sofa, nahm die Zeitung und sagte zu Martins Mutter: »Es wäre schön, wenn du mir eine Tasse Kaffee bringen könntest, Mara. Mit drei Stück Zucker. Ohne Milch.«

»Wenn du einen Kaffee haben willst, dann geh in die Küche und mach dir selber einen«, sagte Martins Mutter. »Du weißt ja, wo die Kaffeemaschine ist.«

Martin warf ihr einen anerkennenden Blick zu.

»Kommt mit!«, sagte er zu seinen Freunden. »Wir gehen in den Garten.«

Dort hüpfte ihnen gleich das Känguru entgegen. Samantha und Tina wollten es streicheln, aber es wich scheu zurück.

»Wartet!«, rief Martin. »Ich hol ihm was zu fressen, dann lässt es sich anfassen.«

Er ging ins Haus und kam mit einer Tüte Kürbiskerne zurück. »Die Kerne frisst es am liebsten«, erzählte er.

Alle bekamen eine Handvoll Kürbiskerne und verfütterten sie nacheinander an das Känguru. Erst Martin, der zeigte, wie man dem Tier die Kerne in der geöffneten Hand hinhielt, dann Tina, anschließend Samantha und Roland. Als die Reihe an das Sams kam, blickte es in seine leere Hand und sagte: »Das ist vielleicht merkwürdig seltsam. Vor Kurzem waren die Kerne noch da. Jetzt sind sie weg.«

Martin fragte: »Könnte es sein, dass du sie ganz aus Versehen selbst gegessen hast?«

»Ja, das könnte möglicherweise vielleicht genau so sein«, gab das Sams zu.

»Macht nichts«, sagte Martin. »Das Känguru ist bestimmt schon satt.«

Roland hatte etwas Merkwürdiges entdeckt.

»Guckt mal!«, rief er. »Das Känguru hat einen Knopf im Ohr. Einen Clip oder wie man das nennt.«

»Da steht auch was drauf«, sagte Martin. »Das hatte ich noch gar nicht bemerkt. Lass mal sehen!« Er beugte den Kopf nach unten und buchstabierte: »Kän-gu-ru-Farm ...«

Weiter kam Martin nicht, denn Onkel Alwin fasste ihn von hinten an der Schulter und zog ihn vom Känguru

weg. Er war offensichtlich vom Sofa aufgestanden und unbemerkt in den Garten gekommen.
»Jetzt lasst mal das arme Tier in Ruhe«, sagte er streng. »Ihr macht es ja ganz nervös.«

»Wir haben es nur gefüttert«, sagte Tina.
Onkel Alwin schubste das Känguru von Martin weg. »Hopp, hopp!«, rief er dabei. »Zurück in den Garten!« Erschrocken hüpfte das Känguru davon und verzog sich in den hintersten Winkel des Gartens.
»Wenn einer das Känguru nervous macht, dann sind Sie das!«, rief Samantha. Sie war so empört, dass sie ›nervös‹ englisch aussprach.

»Ich lasse mich von so einer Göre doch nicht anbrüllen«, schrie Onkel Alwin. »Ihr verlasst augenblicklich das Haus!«
»Kommt mit«, sagte Martin zu den anderen. »Wir gehen. Ich will nicht, dass Mama sich noch mehr aufregen muss.«
Sie gingen. Martin schmetterte hinter sich die Haustür ins Schloss, dass es knallte.
Wenig später saßen sie zu fünft auf einer Bank im Stadtpark neben dem kleinen See, schimpften über den Onkel und sprachen vom Känguru.
»Er hat das Tier offenbar von einer Känguru-Farm gekauft«, sagte Martin.
»Oder ausgeliehen«, sagte Tina.
»Onkel hat das Känguru geklaut, das Känguru geklaut, das Känguru geklaut«, sang das Sams.
»Sagst du mir noch mal, was auf diesem Clip stand?«, fragte Samantha.
»Es war kreisförmig geschrieben, deswegen war es nicht gut zu lesen«, sagte Martin. »Oben stand ›Känguru-Farm‹ und darunter ein Name. Den konnte ich nicht entziffern. Die Schrift stand auf dem Kopf. Wahrscheinlich ein australischer Ort.«
»Was genau stand da?«, fragte Samantha.
»Ich hab's doch gesagt: Ich konnte nur ›Känguru-Farm‹ lesen«, sagte Martin. »Warum fragst du?«

»Buchstabier das Wort doch mal!«, bat Samantha.
»Jetzt nervst aber du«, sagte Martin.
Roland wurde hellhörig. »Ich glaub, ich weiß, was Samantha meint«, rief er. »Das ist sehr logisch von ihr!«
»Was soll daran logisch sein?«
»Los: Buchstabier das Wort!«, sagte Roland.
»Jetzt tu ihnen halt den Gefallen«, sagte Tina.
Martin buchstabierte: »K-ä-n-g-u-r-u. Ganz korrekt geschrieben.«
»Von wegen korrekt«, sagte Samantha. »In Australien spricht man doch englisch. Stimmt's?«
»Klar«, sagte Martin. Langsam dämmerte es ihm, worauf Samantha hinauswollte.
»Und im Englischen heißt das Tier ›kangaroo‹. Weshalb steht ein deutscher Name auf dem Clip, wenn das Tier aus Australien kommt?«
»Das werde ich Onkel Alwin fragen«, sagte Martin. »Irgendwas stimmt da nicht.«
»Frag ihn nicht. Versuch erst rauszukriegen, welcher Ortsname da steht«, rief Roland. »Dann wissen wir, wo die deutsche Känguru-Farm liegt, und können ihn fragen, weshalb er sich von dort ein Känguru besorgt hat.«
»Ihr bleibt hier!«, schlug Martin vor. »Ich geh zurück, gebe dem Känguru noch mal ein paar Körner und lese, was auf dem Clip steht. Dann komm ich zurück, erzähl euch alles, und wir beraten, was wir dann machen.«

Das fanden alle gut. Sogar das Sams. »Sehr gut. Wir beraten die kommenden Taten!«
Martin sagte: »Bis gleich!«, und ging.

Die vier mussten keine zehn Minuten warten, dann kam Martin schon zurückgerannt.
»Und? Was steht da noch?«, fragte Roland.
»Hast du es rausgekriegt?«, fragte Tina.
»Erzähl schon!«, sagte Samantha gleichzeitig, und das Sams forderte: »Sag den Ort! Sag das Wort, und zwar sofort!«
Martin sagte: »Ihr werdet es nicht glauben: Als ich zu Hause ankam, war Onkel Alwin weg. Und er hatte das Känguru mitgenommen!«
»Für immer weg?«, fragte das Sams.
»Leider nicht. Mama hat erzählt, dass Onkel Alwin ganz plötzlich beschlossen hat, dass sein Känguru Auslauf braucht. Es muss mal was anderes zu fressen kriegen als die Blumen aus unserem Garten, hat er gesagt.«
»Und?«, fragte Tina.
»Und jetzt macht er einen Ausflug. Mit dem Känguru an der Leine. Am Waldrand entlang, sagt er. Da stehen angeblich die saftigsten Kräuter. Wenn er mit Wallaby zurückkommt, schaue ich gleich nach, was noch auf dem Clip steht. Morgen in der Schule kann ich es euch dann sagen.«

Wo ist Wallaby?

Am frühen Abend kam Herr Taschenbier von der Arbeit nach Hause, begrüßte seine Frau, Martin und das Sams und sagte: »Entschuldigt, dass ich so spät komme. Ich musste wieder mal Überstunden machen.«
»Ich dachte es mir schon«, sagte Frau Taschenbier. »Hier, trink erst mal ein Glas Apfelsaft. Das Essen ist gleich fertig. Martin hat heute gekocht.«
»Na ja, ich habe eigentlich nur die Nudeln gekocht«, sagte Martin. »Mama hat dann Nudelsalat daraus gemacht.«
Herr Taschenbier fragte: »Wo ist denn Onkel Alwin? Oben in Martins Zimmer?«
»Nein, er ist mit seinem Känguru unterwegs«, sagte Martin.
»Ehrlich?« Herr Taschenbier wunderte sich. »Er geht doch sonst nie aus dem Haus. Wo wollte er denn hin?«
»Er will wohl Wallaby die schöne Gegend zeigen«, sagte das Sams.
»Wirklich wahr?«, fragte Herr Taschenbier.
Seine Frau nickte. »Nachdem das Tier unsere ganzen

Gartenblumen abgefressen hat, soll es zur Abwechslung mal ein paar Wildblumen abknabbern dürfen.«

»Wir werden mit dem Abendessen nicht auf Onkel Alwin warten«, beschloss Herr Taschenbier.

»Das will ich doch hoffen«, sagte Frau Taschenbier. »Er weiß, wann wir essen. Wenn er nicht kommt, ist er selbst schuld.«

Aber als Martin den Tisch gedeckt und sein Vater die Schüssel mit dem Nudelsalat ins Esszimmer getragen hatte, klingelte es.

Onkel Alwin war zurück.

»Dein Onkel hat offenbar einen guten Geruchssinn«, sagte Frau Taschenbier leise zu ihrem Mann.

Das Sams lachte und reimte:

»Riecht Onkel Alwin den Essensgeruch,
kommt Onkel Alwin sofort zu Besuch.«

Onkel Alwin tat so, als habe er es nicht gehört, setzte sich an den Tisch und sagte: »Wie schön, es gibt Abendessen!«

»Wo hast du denn das Känguru?«, fragte Martin. »Hast du es vor der Haustür abgestellt?«

»Abgestellt!«, wiederholte Onkel Alwin. »Wallaby ist doch kein Fahrrad!«

»Wo ist es denn dann?«, fragte Frau Taschenbier.

»Abgehauen. Einfach weg!«, sagte Onkel Alwin, während er sich einen so hohen Berg Nudelsalat auf den Teller lud, dass die Nudeln links und rechts auf die Tischdecke purzelten.
»Abgehauen?« Herr Taschenbier hörte vor Schreck auf zu essen. »Was meinst du damit?«
»Du wirst doch wissen, was ein normaler Mensch unter ›abhauen‹ versteht«, sagte Onkel Alwin. »Oder musst du dir das wieder von deiner Frau erklären lassen?«
»Natürlich weiß ich das«, rief Herr Taschenbier. »Ich kann nur nicht verstehen, wie du hier ruhig sitzen und essen kannst, während das Tier irgendwo da draußen herumhüpft.«
»Es ist schon dunkel, wie ihr vielleicht bemerkt habt. Soll ich das Tier vielleicht mit der Taschenlampe suchen?«, fragte Onkel Alwin. »Ganz davon abgesehen, dass es in diesem Haus wahrscheinlich keine einzige funktionierende Taschenlampe gibt.«
Herr Taschenbier starrte ihn fassungslos an.
»Und das Känguru hüpft jetzt irgendwo da draußen herum?«, fragte Martin.
Statt darauf zu antworten, sagte Onkel Alwin: »Martin, geh bitte erst mal in die Küche und hole Löffel für alle. Du hast wohl vergessen, Löffel zu decken.«
»Warum Löffel?«, fragte Martin. »Nudelsalat isst man mit der Gabel.«

»In Deutschland vielleicht. Bei uns in Australien nimmt man dazu den Löffel«, sagte Onkel Alwin.

»Jetzt geh halt, Martin. Bevor unser Onkel sich wieder aufregt«, sagte Herr Taschenbier und warf Onkel Alwin einen verdrießlichen Seitenblick zu.

Martin stand, leise murrend, auf, ging in die Küche und kam mit fünf Löffeln zurück.

»Na, siehst du. Es geht doch!«, sagte Onkel Alwin, legte die Gabel beiseite und begann die Nudeln mit dem Löffel zu essen.

»Gute Idee!«, lobte das Sams. »Auf einen Löffel geht viel mehr, da leg ich gleich die Gabel her.« Es fing auch an, den Nudelsalat zu löffeln.

»Zurück zum Känguru!«, sagte Frau Taschenbier. »Du hattest das Känguru an der Leine. Wie konnte es da fliehen?«

»Ich weiß es selber nicht so genau«, sagte Onkel Alwin. »Kann mir jemand mal die Schüssel rüberreichen? – Danke! – Das Tier muss sich das Halsband irgendwie abgestreift haben. Plötzlich hüpfte es weg, und ich hatte nur noch die Leine in der Hand.«

»Und dann?«, fragte Herr Taschenbier.

»Ich hab nach ihm gerufen und es gelockt, aber es ist nicht zurückgekommen«, sagte Onkel Alwin mit vollem Mund.

»Es ist ja auch schwerhörig«, sagte Martin.

»Wie kommst du auf die Idee?«, fragte Onkel Alwin.
»Das hast du selber behauptet«, sagte Martin.
»So? Hab ich das?«, fragte Onkel Alwin. »Kann schon sein. Ihr müsst euch keine Sorgen machen. Wallaby kommt bestimmt zurück. Wir in Australien sagen: ›Every kangaroo will find the way to you.‹ Das heißt auf Deutsch: ›Jedes Känguru findet zu dir zurück.‹ Wir müssen nur Geduld haben.«
»Und wenn es nicht zurückkommt?«, fragte Martin.
»Das wäre auch nicht schlimm«, sagte Onkel Alwin. »Es hat da draußen viel zu fressen. Alles, was es braucht. Es fühlt sich im deutschen Wald bestimmt wohl.«
»Das geht so nicht«, sagte Herr Taschenbier. »Wir sollten die Polizei verständigen.«
»Oder die Feuerwehr«, sagte seine Frau. »Ich glaube, für entlaufene Tiere ist die Feuerwehr zuständig.«
Das Sams hatte bis jetzt noch nichts dazu gesagt, weil es damit beschäftigt war, den Rest des Nudelsalats auf seinen Teller zu schaufeln und schnell aufzulöffeln. Jetzt fing es an zu singen:

»Polizei,
komm herbei,
such im Nu
Känguru.
Feuerwehr,

komm auch her,
such auch du
Känguru.
Kommt und sucht
Känguru,
Känguru
auf der Flucht.«

Onkel Alwin machte ein ernstes Gesicht und sagte: »Ich würde an eurer Stelle die Polizei aus dem Spiel lassen.«

»So? Weshalb denn?«, fragte Frau Taschenbier.

»Weil Wallaby illegal hier ist. Ihr könntet sonst Ärger mit den Behörden bekommen«, sagte Onkel Alwin.

»Illegal? Was meinst du damit?«, fragte Herr Taschenbier.

»Ich habe das Tier nach Deutschland eingeführt, ohne es impfen zu lassen«, sagte Onkel Alwin.

»Wie hast du es überhaupt mitgebracht?«, fragte Martin. »Saß es im Flugzeug angeschnallt im Sitz neben dir und hat die Sicherheitsvorschriften studiert?«

Seine Mutter musste lachen. »Du hast vielleicht witzige Einfälle!«

»Das war mehr oder weniger Rolands Idee«, musste Martin zugeben. »Aber sag schon, Onkel Alwin: Wie hast du es überhaupt mitgebracht?«

»Als Luftfracht. In einer Sperrholzkiste im Gepäckraum des Flugzeugs«, sagte Onkel Alwin.

»Das arme Tier!«, rief Martins Mutter.

»Nur keine Aufregung«, sagte Onkel Alwin. »Die Kiste hatte natürlich Luftlöcher. Zweiundvierzig, um es genau zu sagen. Und für Futter hatte ich auch gesorgt.«

Die Taschenbiers und das Sams blickten ihn ungläubig an.

»Doch, doch, so war es«, versicherte Onkel Alwin. »Am Flughafen habe ich die Kiste abgeholt, und als ich unbeobachtet war, ließ ich Wallaby heraus. Ihr könnt euch nicht vorstellen, wie sich das Tier gefreut hat, als es wieder den Himmel sah. Natürlich hätte ich es amtlich anmelden und impfen lassen müssen. Man darf Tiere nicht einfach nach Deutschland einführen. Aber es hat ja keiner mitgekriegt. – Ist der Nudelsalat schon alle?«

»Ja, ja. Nichts mehr da!«, sagte das Sams.

»Da hat Mara wieder mal zu wenig gekocht. Ist nicht schlimm, ich will ihr keinen Vorwurf machen. Kann ja

mal vorkommen«, sagte Onkel Alwin. Dann beugte er sich zu Herrn Taschenbier hinüber und sagte leise und eindringlich: »Verstehst du jetzt, Bruno, weshalb wir lieber nicht die Polizei benachrichtigen sollten? Du würdest riesigen Ärger bekommen, weil du ein illegales, nicht geimpftes Känguru in deinem Haus und Garten versteckt hattest!«
»Wir konnten doch gar nicht wissen, dass du das Tier geschmuggelt hast«, sagte Herr Taschenbier.
»Meint ihr, das würde die Polizei interessieren?«, fragte Onkel Alwin. »Die kriegen bestimmt raus, dass dieses Tier die ganze Zeit bei euch war. Und schon seid ihr dran! Ums Gefängnis werdet ihr wahrscheinlich herumkommen. Aber eine Geldstrafe ist nicht zu vermeiden.«
Das Sams flüsterte Martin zu: »Wolltest du den Onkel nicht noch was fragen?«
Martin nickte. »Ich habe da noch eine Frage, Onkel Alwin: Weshalb steht auf dem Ohr von Wallaby ›Känguru-Farm‹? Ich meine, auf dem Clip im Ohr.«
»Ist doch klar: weil es von einer Känguru-Farm stammt«, sagte Onkel Alwin.
»Aber es steht auf Deutsch da! Und in Australien spricht man doch englisch!«
»Ehrlich? Steht es wirklich auf Deutsch da?«, fragte Frau Taschenbier.

»Wie soll es denn sonst da stehen?!«, rief Onkel Alwin. »Schließlich stammt das Tier aus meiner Farm. Ich werde doch als Deutscher meinen Tieren keine englische Beschriftung ins Ohr knipsen.«

Als er die erstaunten Blicke sah, fügte er hinzu: »Ich bin Känguru-Züchter. Versteht ihr? Ich hatte in Australien eine Känguru-Farm.«

»Davon hast du uns noch nie erzählt«, sagte Herr Taschenbier.

»Ihr habt mich auch noch nie danach gefragt«, sagte Onkel Alwin. »Ich sehe, ich muss es euch etwas ausführlicher erzählen. – Du hast bestimmt vorher noch ein belegtes Brot für mich, Mara, ja? Dieses Sams hat mir den ganzen Nudelsalat weggefressen.«

»Bleib bitte sitzen!«, sagte Herr Taschenbier zu seiner Frau. »Ich mach das schon.« Er ging in die Küche.

»Aber bitte weißes Brot! Mit Butter und Schinken! Käse geht auch«, rief Onkel Alwin hinter ihm her. »Und wenn du ein Fläschchen Rotwein mitbringst, erzählt es sich besser!«

Onkel Alwins Geschichte

Als das Brot gebracht war und der Wein eingeschenkt, begann Onkel Alwin mit seiner Geschichte:

»Als ich nach Australien auswanderte, kam ich fast ohne Geld dort an. Es war eine harte Zeit, das kann ich euch sagen! Ich habe bestimmt in zwanzig verschiedenen Berufen gearbeitet. Ich war Friedhofsgärtner, Zeitungsausträger und Lokführer auf der Zuckerrohrbahn in Queensland, auch mal Goldgräber, allerdings ohne Erfolg. Danach war ich Kellner in einem chinesischen Restaurant in Melbourne. Ich habe Lotterielose verkauft und Windräder gebaut, Zäune gezogen und Brunnen gebohrt.

Das sind nur einige von meinen vielen Beschäftigungen.

Ich bin sehr, sehr sparsam, wie ihr wisst. Ich habe immer nur so viel Geld ausgegeben, wie ich zum Überleben brauchte. Den Banken habe ich nie getraut. Deswegen trug ich mein Geld immer bei mir, sicher eingenäht im Mantel. Die Beule im Mantel wurde mit

jedem Schein dicker. Schließlich war die Beule zwischen sieben und acht Zoll dick. Mit anderen Worten: Ich hatte so viel Geld beisammen, dass ich mir einen Traum erfüllen konnte – ich habe eine kleine Farm im Südwesten gekauft.
Eigentlich wollte ich ja Schafe züchten, wie die meisten Farmer dort. Aber der Kauf der Farm hatte mein ganzes Geld gekostet. Ich hätte mir gerade mal zwei oder drei Schafe leisten können. Nicht genug für einen Schafzüchter.«
Onkel Alwin nahm einen kleinen Schluck aus dem Glas.
»Und dann?«, fragte Herr Taschenbier.
»Ich bin nicht eben einfallslos, das musste auch Maxi immer lobend zugeben.« Onkel Alwin nahm noch einen Schluck. »Schafe konnte ich mir nicht leisten, also verlegte ich mich auf die Känguru-Zucht. Die Kängurus leben in Australien ja wild, wie ihr wisst. Du musst sie nur einfangen, dann gehören sie dir. Ich war – das sage ich nicht ohne Stolz – einer der geschicktesten Känguru-Fänger in Südwestaustralien. Bald hatte ich auch einen Spitznamen weg. Alle in der Gegend nannten mich ›Kangoo-Alwin‹. Nach einiger Zeit gehörten mir mehr als fünfzig Kängurus. Und da ich sowohl weibliche wie auch männliche Kängurus hatte, blieb der Nachwuchs nicht aus.«

»Was macht man eigentlich mit so vielen Kängurus?«, fragte Herr Taschenbier.
»Ja, weshalb züchtet man sie?«, wollte auch seine Frau wissen.
»Nun, man verkauft sie«, sagte Onkel Alwin.
»Und dann?«, fragte Martin.
»Dann werden sie verarbeitet«, sagte Onkel Alwin.
»Verarbeitet?«, fragte Frau Taschenbier.
»Habt ihr noch nie ein Känguru-Steak gegessen?«, fragte Onkel Alwin.
»Du meinst, sie werden *gegessen*?«, fragte Martin.
»Was denn sonst?«, fragte Onkel Alwin.
»Das ist ja entsetzlich!«, rief Frau Taschenbier.
Selbst das Sams sagte: »Ich würde nie ein Känguru essen wollen.«
»So?«, sagte Onkel Alwin. »Aber Würstchen isst du, ja? Weißt du, aus was deine geliebten Würstchen gemacht werden?«
»Aus Wurstteig?«, fragte das Sams.
»Und der ›Wurstteig‹ war erst mal eine Kuh oder ein Schwein«, sagte Onkel Alwin. »Kühe darf man also schlachten, ja? Aber Kängurus nicht. Wo ist der Unterschied?«
»Du hast recht«, sagte Frau Taschenbier.
»Und wie ging es dann weiter? Warum bist du zu uns nach Deutschland gekommen?«, fragte Martin.

Onkel Alwin nahm erst mal einen weiteren Schluck aus Herrn Taschenbiers Glas. Sein eigenes hatte er nämlich schon geleert.
Dann sagte er: »Da war dieses Lied im Radio. Das hat alles ausgelöst. Mein ganzes Leben verändert.«
»Was für ein Lied?«, fragte Herr Taschenbier.
»Der australische Rundfunk bringt selten deutsche Lieder. Fast nie. Aber eines Nachmittags, ich war gerade dabei, mir eine Kanne Kaffee zu kochen, ich nehme immer drei Löffel Pulverkaffee auf den halben Liter Wasser, das ist sparsamer, als wenn man das Pulver jedes Mal in die Tasse gibt. Man spart dadurch ...«
Frau Taschenbier unterbrach ihn. »Was war denn nun an diesem Nachmittag?«, fragte sie.
»An diesem Nachmittag haben sie ›Marmor, Stein und Eisen bricht‹ gesendet, dieses deutsche Volkslied. Und urplötzlich bekam ich ganz heftiges Heimweh nach meiner alten Heimat. Erst dachte ich, es geht vorüber. Aber es wurde von Woche zu Woche stärker. Eines Tages hielt ich es nicht mehr aus. Die Erinnerung an meine Wurzeln war zu stark geworden, und ich beschloss, nach Deutschland zu fliegen und meinen letzten noch lebenden Verwandten zu besuchen.« Onkel Alwin nickte Herrn Taschenbier zu. »Dich, Bruno!«
»Und dann?«, fragte das Sams.
»Ich schloss die Farmtür ab, öffnete das Gatter und

ließ alle Kängurus frei. Ihr hättet sehen sollen, wie die losgehüpft sind. Es war eine Freude!«

In Erinnerung an die freudig in die Freiheit hüpfenden Kängurus griff Onkel Alwin nun nach dem Weinglas von Frau Taschenbier und trank auch das aus. Sie schaute kopfschüttelnd zu, sagte aber nichts.

»Wallaby war das einzige Känguru, das nicht wegwollte«, erzählte Onkel Alwin dann weiter. »Es blieb. Es hatte sich zu sehr an mich gewöhnt. Es folgte mir auf Schritt und Tritt. Was blieb mir übrig? Ich musste es mitnehmen. So, nun kennt ihr die Geschichte von Wallaby. Kann ich bitte noch ein Glas Rotwein haben? – Danke! – Ich bin ganz sicher, dass Wallaby von alleine wiederkommt.«

»Noch eine letzte Frage«, sagte Martin. »Was ist denn mit diesem Maxi geschehen, deinem Arbeiter, von dem du erzählt hast?«
»Dem habe ich auch die Freiheit geschenkt. Ich meine, ich habe ihn entlassen«, sagte Onkel Alwin. »Nun aber genug mit diesen alten Geschichten! Es wird Zeit, dass Bruno noch eine Flasche Wein aus dem Keller holt. Die hier habt ihr ja schon ausgetrunken.«
Später am Abend, als Herr Taschenbier in der Küche die Teller in die Spülmaschine räumte, sagte er zu seiner Frau: »Onkel Alwins Geschichte hat mich richtig gerührt. Stell dir die vielen Kängurus vor, wie sie in die Freiheit hüpfen!«
»Irgendwie passt die Geschichte gar nicht zu deinem Onkel Alwin«, antwortete sie.
»Wie meinst du das?«, fragte Herr Taschenbier.

»Er denkt doch immer nur an sich und seinen Vorteil«, antwortete sie.
»Was hat das mit den Kängurus zu tun?«, fragte Herr Taschenbier.
Sie sagte: »Ich kann mir gut vorstellen, dass er uns angelogen und seine Kängurus an die nächste Fleischfabrik verkauft hat, bevor er ins Flugzeug stieg.«
»Jetzt bist du ungerecht!«, sagte Herr Taschenbier. »Du denkst wirklich nur das Schlimmste von meinem Onkel.«
»Ungerecht? Dein Onkel Alwin nörgelt nur herum, ist mit nichts zufrieden, trinkt unseren Wein weg, lässt sich ständig bedienen, ohne sich jemals zu bedanken, und blockiert Martins Zimmer. Es ist höchste Zeit, dass er zurückfliegt und seine Farmtür wieder von außen aufschließt!«, rief sie. »Allerhöchste Zeit!«
»Nun übertreibst du aber!«, sagte Herr Taschenbier.
»Du musst ihn ja auch nicht ertragen, weil du den ganzen Tag im Büro sitzt!«, sagte seine Frau.
»Du tust gerade so, als würde ich nur zum Vergnügen ins Büro gehen!« Jetzt war auch Herr Taschenbier laut geworden.
Frau Taschenbier sagte nichts mehr.
Und zum ersten Mal seit langer Zeit gingen die beiden zu Bett, ohne vorher noch einmal miteinander geredet zu haben.

Guter Rat ist gefragt

Als Martin am nächsten Morgen zur Schule kam, wurde er schon ungeduldig erwartet. Roland stand vor dem Tor des Schulhofs und fragte gleich: »Na, was steht auf dem Känguru-Ohr? Hast du es lesen können? Weißt du jetzt, wo die Farm liegt?«

»Ja, sie liegt in Australien. Es ist seine eigene Farm. Onkel Alwin war Känguru-Züchter«, sagte Martin.

»Und warum stand ›Känguru‹ dann auf Deutsch da?«, fragte Roland.

»Er sagt, dass er als Deutscher nicht ›kangaroo‹ schreiben wollte«, erzählte Martin. »Aber das Wichtigste weißt du noch gar nicht: Wallaby ist ihm entwischt und hüpft jetzt frei in der Gegend herum.«

»Ehrlich? Habt ihr schon die Feuerwehr oder die Polizei verständigt?«

»Nein, das will Papa nicht. Er hat Angst, dass er dann angezeigt wird. Weil Onkel Alwin das Känguru eingeführt hat, ohne es anzumelden.«

»Mann, das klingt ja wie in einem Krimi«, sagte Roland. »Wir könnten doch heute Nachmittag nach Wallaby

suchen. Tina und Samantha machen bestimmt auch mit. Wo ist es ihm denn entwischt?«
»Ich weiß es nicht. Irgendwo am Waldrand«, sagte Martin, während er mit Roland über den Hof ging. »Ehrlich gesagt, interessiert mich das Känguru im Moment gar nicht so brennend. Ich habe andere Sorgen.«
»Sorgen?«, fragte Roland.
»Ja. Mein Vater und meine Mutter haben heute Morgen kein Wort miteinander gesprochen. Sie haben in ihre Kaffeetassen gestarrt und sich nicht mal angesehen. Als Papa dann ins Büro ging, hat er nur zu mir Auf Wiedersehen gesagt. Sie haben Streit.«
»Meinst du, sie lassen sich scheiden?«, fragte Roland.
Martin blieb stehen. »Sag nicht so was Schlimmes!«, sagte er.
»Bei meinen Eltern fing es auch so an«, erzählte Roland. »Und irgendwann ist Papa dann ausgezogen.«
»Mein Vater zieht bestimmt nicht aus«, sagte Martin. »Sie werden sich schon wieder versöhnen. Am ganzen Streit ist nur der Onkel Alwin schuld. *Der* sollte ausziehen. Aber er denkt nicht daran.«
»Ihr müsst ihn loswerden«, sagte Roland.
»Wie denn?«, fragte Martin.
Die Schulglocke klingelte. »Komm, wir gehen rein, der Unterricht fängt an. Der Schelling kommt immer sehr pünktlich«, sagte Roland. »Heute Nachmittag treffen

wir uns alle am See, ja? Und dann überlegen wir gemeinsam, was man tun kann.«

Auch das Sams war dabei, als sich Tina, Samantha, Martin und Roland auf der Bank am Stadtsee zur Beratung trafen.

»Wenn wir jeden Tag zu euch kommen, das Radio immer auf höchste Lautstärke stellen und dazu so einen Lärm im Wohnzimmer machen, dass dein Onkel es nicht aushält und geht?«, schlug Tina vor.

Da konnte Martin nur lachen. »Der würde uns höchstens rausschmeißen und sich bei meinem Vater beschweren, dass meine Mutter nichts dagegen unternommen hat.«

Roland hatte eine andere Idee: »Ich rufe mit verstellter Stimme bei euch an und sage: ›Hier spricht die Polizei. Wohnt bei Ihnen ein gewisser Alwin Taschenbier? Wir möchten ihn sprechen.‹ Wenn er dann ans Telefon kommt, sage ich: ›Es besteht der Verdacht, dass Sie illegale Tiertransporte durchgeführt haben. Wir kommen in einer Stunde bei Ihnen vorbei!‹«

»Und dann?«, fragte Samantha.

»Ich stell mir vor, dass er dann blitzschnell seine Sachen packt und verschwindet, bevor die Polizei da ist.«

»Die Idee ist gar nicht so schlecht«, sagte Martin. »Aber er merkt doch an deiner Stimme, dass kein Erwachsener spricht.«

»Wir können ja einen Erwachsenen überreden, dass er es macht«, sagte Roland. »Zum Beispiel deinen Vater.«

»Der würde Onkel Alwin nicht anlügen«, sagte Martin.

»Und Samanthas Vater?«, fragte Tina.

»Der spricht nur Englisch«, sagte Samantha.

»Und Rolands Vater?«, fragte Tina weiter.

»Mein Vater wohnt in Wesel. Meine Eltern sind doch geschieden«, sagte Roland. »Und Tinas Vater?«

»Hm«, machte Tina zögernd. »Ich fürchte, mein Vater würde es auch nicht machen. Außerdem ist er gerade auf Geschäftsreise in Liechtenstein.«
»War wohl doch keine geniale Idee, das mit der Polizei«, sagte Roland.
»Gibt es wirklich keine Möglichkeit, diesen Onkel loszuwerden?«, fragte Tina.
»Ich weiß keine«, sagte Martin. »Wirklich keine.«

Wo ist Herr Daume?

Das Sams hatte ganz gegen seine Gewohnheit nur zugehört, als die vier Freunde zusammen überlegten, wie man den Onkel aus dem Haus bekommen könnte. Es hatte mit den Beinen auf- und abgeschaukelt, kleine Steine in den See geworfen, sich ausführlich am Kopf gekratzt und dabei nachgedacht.
Plötzlich rief es: »Natürlich! Das ist es! Wir sind so was von strohdummdämlich, dass wir nicht gleich auf die Idee gekommen sind.«
»Was für eine Idee?«, fragte Martin.
»Die Idee ist mir ungelogen zugeflogen, ist vorbeigeschwommen und zu mir gekommen, sie ist nicht versandet und bei mir gelandet, sie ist einwandfrei und …«
Roland unterbrach das Sams: »Jetzt mach kein Gedicht daraus, sondern erzähl uns von deiner grandiosen Idee!«
»Warum wünschen wir den Onkel nicht einfach weg?«, fragte es.
»Wünschen? Wie denn?«, fragte Samantha.

»Mit Wunschpunkten!«, antwortete das Sams. »Ich sage: ›Ich wünsche, dass Onkel Alwin wieder auf seiner Farm in Australien ist.‹ Und schon ist er dort.«
»Aber wie willst du wünschen? Die Punkte sind doch auf dem Gesicht von Herrn Daume«, sagte Martin. »Und dein Wunsch geht nur in Erfüllung, wenn Herr Daume ihn auch hört.«
»Na gut. Dann gehen wir eben zu ihm«, sagte das Sams.
»Wo ist denn dieser Daume?«, fragte Samantha. »Habt ihr mir nicht erzählt, er sei euer Sportlehrer? Ich hab ihn noch nie in der Schule gesehen.«
»Er ist ja auch nicht mehr Lehrer«, sagte Martin. »Das Letzte, was ich von ihm gehört habe, war eine Zeitungsmeldung. Ich hab sie damals sogar in mein Tagebuch geklebt.«
»Die hast du ja wohl gelesen, nicht gehört«, sagte Samantha.
»Logisch«, sagte Roland. »Was stand denn drin in dieser Zeitungsmeldung?«
»Man hat ihn von unserem Schuldach geholt und ins – wie hieß das? – ins Psychiatrische Landeskrankenhaus gebracht.«
»Das nennt man auch Nervenklinik«, sagte Tina.
»Ob er wohl noch dort ist?«, fragte Martin.
»Das könnte man ja rauskriegen«, sagte Roland.

»Wie denn?«
»Wir fragen einfach den Pförtner nach Herrn Daume. Der sagt dann, in welchem Zimmer er ist«, schlug Tina vor.
»Dann geh ich da rein und wünsche den Onkel weg«, sagte das Sams.
»Das ist nicht so einfach«, sagte Samantha. »Man nennt das auch geschlossene Anstalt. Da darf keiner raus und keiner rein. Außerdem wird uns der Pförtner gar keine Auskunft geben. Soviel ich weiß, darf er nur den Verwandten der Patienten etwas mitteilen.«
»Wie können wir dann rauskriegen, ob er überhaupt noch da ist?«, sagte Martin. »Vielleicht ist er schon entlassen.«
»Und wenn einer von uns behauptet, er sei mit Herrn Daume verwandt?«, fragte Roland.
»Aber wer?«, fragte Tina.
»Martin kann das nicht. Ich auch nicht«, sagte Roland. »Wenn Herr Daume zum Beispiel aus dem Fenster schaut, erkennt er uns sofort. Wenn dann der Pförtner bei ihm in der Station anruft und behauptet, da wäre ein Verwandter von ihm, sagt er bestimmt: ›Das ist kein Verwandter, das ist ein ehemaliger Schüler. Schicken Sie ihn sofort weg!‹«
Martin sagte: »Tina kennt er auch. Die war mit uns im Schullandheim.«

»Die Einzige, die er nicht kennt, ist Samantha«, sagte Roland.
Alle blickten Samantha an.
»Na gut. Dann behaupte ich also, Herr Daume sei mein Onkel«, sagte Samantha. »Ich gehe schnell nach Hause, hole mein Fahrrad und fahre hin.«
»Weißt du überhaupt, wo die Klinik ist?«, fragte Martin.
»Nein.«
»Wie willst du sie dann finden?«, fragte Tina.
»Die Adresse steht bestimmt im Internet«, rief Samantha im Weggehen.
Roland rief ihr nach: »Gute Idee! Sehr logisch!«
Als Samantha dann vor dem Pförtner stand, war sie doch ziemlich nervös.
»Ich will meinen Onkel besuchen. Können Sie mir sagen, in welchem Zimmer er ist?«, fragte sie.
»Dazu muss ich erst mal wissen, wie dein Onkel heißt«, sagte der Pförtner. Er saß in einem kleinen Raum neben dem Eingang hinter einer Glasscheibe.
»Herr Daume«, sagte sie.
»Vorname?«, fragte der Pförtner.
»Samantha«, antwortete sie.
»Ich frage nicht nach deinem Vornamen, sondern nach dem von deinem Onkel«, sagte der Pförtner.
»Ach so«, antwortete sie. So ein Mist! Warum hatten

Martin und Roland ihr auch nie den Vornamen von Herrn Daume genannt! Sie beschloss, einfach einen zu erfinden.

»Gerhard, glaube ich«, sagte sie.

»Gerhard? Du musst doch den Vornamen deines Onkels kennen!«, sagte der Pförtner.

»Er ist ein entfernter Verwandter«, behauptete sie. »Wir haben ihn in der Familie immer nur Onkel Däumeling genannt.«

»Onkel Däumeling«, wiederholte der Pförtner lachend. »Dann lass mich mal nachsehen.«
Er blätterte in einem dicken Buch. »Daume, da haben wir ihn ja! Damit du es in Zukunft weißt: Dein Onkel heißt Fitzgerald. Fitzgerald Daume! Jetzt erinnere ich mich auch an ihn. Die anderen nannten ihn Fitzi. Das war der mit der merkwürdigen Hautkrankheit. Hatte lauter blaue Flecken im Gesicht, der arme Kerl.«
»Warum sagen Sie, er *hatte* Flecken? Hat er sie denn nicht mehr?«, fragte Samantha.
»Keine Ahnung, ob er sie noch hat. Er wurde im März entlassen«, sagte der Pförtner.
»Im März schon?«, rief Samantha.
»Ja, du hättest deinen Onkel vor acht Wochen besuchen sollen. Jetzt ist es zu spät«, sagte der Pförtner.
»Dann auf Wiedersehen. Und danke für die Auskunft«, sagte Samantha.
»Wiedersehen«, sagte der Pförtner. Als sie schon an der Tür war, rief er hinter ihr her: »Hast du dir gemerkt, wie dein Onkel mit Vornamen heißt?«
»Na klar: Fitzgerald!«, rief sie zurück.
»Richtig!«, sagte der Pförtner und klappte das Buch zu.

Gibt es keine Lösung?

Die Freunde mussten am Treffpunkt beim Stadtsee sehr lange warten.

»Hoffentlich kommt Samantha bald zurück«, sagte Roland. »Sie ist schon über eine Stunde weg. Und hoffentlich hat alles geklappt.«

»Jetzt warten wir schon Stunden hier,
von fünf vor drei bis fünf nach vier«,

beschwerte sich das Sams. »Wenn ihr mir gesagt hättet, dass ich hier so lange herumsitzen muss, hätte ich mir etwas zu essen mitgenommen.«

»Du denkst wohl immer nur ans Essen?«, fragte Tina.

»Stimmt genauestens genau«, bestätigte das Sams.

»Wer viel zu essen bei sich hat
und alles isst, der ist dann satt.«

»Eines weiß ich jetzt schon: Es wird nicht einfach werden«, sagte Tina.
»Das Essen?«, fragte das Sams.
»Ich spreche nicht vom Essen«, antwortete Tina. »Ich denke an die Wunschpunkte. Auch wenn wir wissen, in welchem Zimmer Daume wohnt – wie kommt man da rein?«
»Tina hat recht. Du musst erst mal in die Klinik kommen. Das ist schon schwierig genug. Und dann auch noch ins Zimmer!«, sagte Roland. »Wie willst du das schaffen?«
»*Ich* will das gar nicht schaffen. Das Sams muss sich die Punkte holen«, sagte Martin.
»Und wie kommt das Sams ins Daume-Zimmer?«, fragte Tina.
»Zu Fuß«, sagte das Sams. »Oder hast du gedacht, mit dem Auto?

Ich fahr nicht mit dem Auto rein,
ich hab doch keinen Führerschein.«

»Dann vielleicht mit einem Motorrad?«, witzelte Roland.
Das schien dem Sams besser zu gefallen:

»Ich setz mich aufs Motorrad drauf,
dann geb ich mächtig Gas
und ras die Kliniktreppen hoch.
Das macht bestimmt
viel Spaß!«

»Jetzt hört doch endlich mit dem Unsinn auf«, sagte Tina. »Mal ganz ernsthaft: Wie soll das Sams ins Zimmer von Daume kommen? Da sitzt doch bestimmt ein Mann an der Pforte. Oder eine Frau. Die gucken, wer rein- oder rausgeht.«

»Die können ruhig gucken, ich werde mich ducken, ganz tief ducken, und dann schleiche ich unter ihnen vorbei, ohne dass sie mich sehen«, schlug das Sams vor. »Ich renne rasend schnellstens die Treppe hoch, reiß die Tür vom Daume-Pflaume-Zimmer auf und schreie rein: ›Ich wünsche, dass die Punkte in *meinem* Gesicht sind!‹ Und schon gehören sie mir.«

»Wenn du so schreist, entdeckt dich bestimmt gleich eine Krankenschwester«, sagte Martin. »Oder ein Pfleger.«

»Ist mir doch egal«, sagte das Sams. »Hauptsache, ich habe wieder die Wunschpunkte.«
In diesem Augenblick kam Samantha zurück, bremste scharf, stieg vom Fahrrad und lehnte es an die Bank. Sie atmete heftig, sie schien sehr schnell gefahren zu sein.
»Hat es geklappt?«, fragte Martin gleich.
»Wie war es? Erzähl!«, sagte Roland.
»Es ist aussichtslos«, sagte Samantha, nachdem sie wieder zu Atem gekommen war. »Dieser Daume ist schon im März entlassen worden.«
»Und wo ist er jetzt?«, fragte Martin. »Was hat man dir in der Klinik gesagt?«
»Der Pförtner wusste nur, dass er nicht mehr in der Klinik ist. Wo er jetzt ist, weiß keiner.«
»So ein Pech. So eine Pleite!«, schimpfte Martin. »Ich hatte mir so sehr gewünscht, dass ich den Onkel wegwünschen kann. Dass wir ihn endlich loswerden. Jetzt weiß ich auch nicht mehr, wie ich meiner Mutter helfen kann.«
»Du solltest vielleicht mal ernsthaft mit deinem Vater reden«, schlug Tina vor.
Das tat Martin dann am frühen Abend.
Als er zusammen mit dem Sams nach Hause kam, war seine Mutter nicht da. Sein Vater stand in der Küche und bereitete das Abendessen vor.

»Ist Mama weg?«, fragte Martin.

»Sie besucht eine Freundin«, antwortete sein Vater. »Du kannst gleich mal helfen und die Teller aufdecken.«

»Ihr habt Streit, oder?«, fragte Martin. »Mama ist deswegen nicht da. Stimmt's?«

»Nicht direkt Streit«, sagte sein Vater und setzte sich auf einen der Küchenstühle. »Na ja, eigentlich doch ein bisschen.«

»Sams, gehst du bitte mal ins Wohnzimmer oder Esszimmer«, bat Martin. »Ich muss mit Papa allein reden.«

»Das Sams, es geht, so rasch es kann,
geht superschnell, denn hier gibt's dann
gleich ein Gespräch von Mann zu Mann«,

reimte das Sams im Hinausgehen.

Martin setzte sich neben seinen Vater.

Herr Taschenbier seufzte und sagte: »Deine Mutter kann nicht verstehen, weshalb ich meinen Onkel nicht wegschicke.«

»Ich kann es auch nicht«, sagte Martin.

»Er ist doch der Bruder meines Vaters«, sagte Herr Taschenbier. »Soll ich ihn einfach vor die Tür setzen?«
»Ja. Genau das solltest du«, sagte Martin. »Ich finde ...«
Weiter kam er nicht, denn in diesem Augenblick betrat Onkel Alwin die Küche und fragte: »Wie lange muss ich denn noch aufs Abendessen warten?«
»So lange, bis es fertig ist«, sagte Martin.
Onkel Alwin wandte sich an Herrn Taschenbier: »Hast du diese freche Antwort gehört?«, rief er. »Hast du das gehört? Und du gibst deinem Herrn Sohn nicht gleich ein paar hinter die Löffel? Du solltest deinen Herrn Sohn ein bisschen besser erziehen! Solche Frechheiten würde sich ein australisches Kind nie und nimmer erlauben.«
»Aber entschuldige mal, Onkel Alwin«, sagte Herr Taschenbier. »Er hat nichts Unrechtes gesagt. Es stimmt doch: Wir können erst essen, wenn das Abendessen fertig ist. Die Kartoffeln sind noch nicht weich genug.«
»Dann hättest du sie vielleicht eine Viertelstunde früher aufsetzen müssen«, sagte Onkel Alwin. »Soll ich jetzt die ganze Zeit mit diesem vorlauten Sams da

drüben sitzen und warten? Wo ist überhaupt deine Frau? Wo ist Mara? Hilft sie nicht in der Küche? Bei uns in Australien stehen sowieso nicht die Männer in der Küche, sondern die Frauen!«

»Mara ist noch bei einer Freundin. Sie kommt bald zurück«, sagte Herr Taschenbier.

»Wir warten aber bitte schön nicht mit dem Essen auf sie«, sagte Onkel Alwin. »Sonst dauert es womöglich noch länger.«

»Du könntest ja schon mal die Teller mit hinübernehmen und den Tisch decken«, schlug Martin vor.

»Bin ich vielleicht dein Diener?«, sagte Onkel Alwin. »Das soll gefälligst dieses Sams machen. Ich schicke es mal gleich zu euch hinüber.« Damit ging er zurück ins Esszimmer.

Gleich darauf kam das Sams in die Küche und rief so laut, dass es Onkel Alwin im Nebenzimmer hören musste:

»Der Onkel ist vom Sams ganz entzückt
und hat es zu euch in die Küche geschickt.«

»Trag mal die Teller hinüber ins Esszimmer«, sagte Martin und drückte dem Sams den Tellerstapel in die Hände.

Als das Sams gegangen war, fragte er halblaut: »Papa,

musst du dir das wirklich von deinem Onkel gefallen lassen?«

»Du hast ja recht. Und deine Mutter auch. Ich kann ihn kaum noch ertragen«, sagte Herr Taschenbier. »Aber wie wird man einen Onkel los, der einfach nicht gehen will?«

Eine Zeitungsmeldung

Am nächsten Morgen in der Schule machte Martin einen recht niedergeschlagenen Eindruck. Er hatte auch keine Lust, sich nachmittags mit seinen Freunden zu treffen.

»Was ist los mit dir?«, fragte Roland auf dem Heimweg.

»Nichts«, sagte Martin. »Ich hab nur schlechte Laune. Ich will einfach mal einen Nachmittag allein sein.«

»Allein mit dem Sams?«, sagte Roland. »Genau das Richtige, wenn man schlecht gelaunt ist!«

Nach dem Mittagessen legte sich Martin aufs Bett. Genauer gesagt: auf die Liege im Zimmer seiner Mutter. Er verschränkte die Hände hinter dem Kopf und starrte missmutig zur Decke.

Das Sams spürte, dass Martin allein sein wollte, ging in den Garten und spielte mit einer Zwiebel Fußball. Es legte ein Paar von Herrn Taschenbiers Schuhen in einem so großen Abstand auf den Rasen, dass fast jeder Schuss dazwischen landete. Dann schrie es: »Tor, Tor, Tor!«, jubelte minutenlang mit hoch erhobenen

Armen und verbeugte sich nach allen Seiten.

Am späten Nachmittag klingelte es an der Haustür.

»Sams, es hat geklingelt!«, rief Frau Taschenbier.

Aber das Sams jubelte gerade so laut über einen neuen Torerfolg, dass es weder das Klingeln noch Frau Taschenbiers Rufen hörte. So öffnete Frau Taschenbier selbst die Haustür.

Draußen stand Roland. Er hatte eine zusammengefaltete Zeitung in der Hand.
»Ich muss sofort mit Martin sprechen«, sagte er.
Frau Taschenbier lächelte. »Sofort? Das klingt ja sehr dringend. Ist es so wichtig? Martin hat sich oben ein bisschen hingelegt. Es geht ihm heute nicht so gut. Vielleicht eine Magenverstimmung oder so was Ähnliches.«
»Die Verstimmung wird gleich vorbei sein, wenn ich mit ihm geredet habe«, behauptete Roland.
»Na, da bin ich aber gespannt«, sagte sie. »Geh einfach hoch. Du weißt ja, wo mein Zimmer ist.«
Roland ging, ohne zu grüßen, an Onkel Alwin vorbei, der auf dem Sofa ein Nachmittagsschläfchen hielt. Der Onkel hatte sich als Lichtschutz eine Zeitung übers Gesicht gebreitet, die sich bei jedem Atemzug ein bisschen hob und wieder senkte.

Martin lag noch immer im Arbeitszimmer auf der Liege.
Als Roland mit einem lauten »Hallo, Martin!« hereinstürmte, hob Martin den Kopf und sagte missmutig: »Kannst du nicht ein bisschen leiser hier hereinbrechen? Ich habe gerade geschlafen. Wieso kommst du überhaupt?«
Roland kümmerte sich nicht um Martins schlechte

Laune, setzte sich auf den Bettrand und fragte: »Hast du heute schon die Zeitung gelesen?«

»Nein, natürlich nicht«, antwortete Martin. »Warum fragst du?«

Roland faltete die mitgebrachte Zeitung auseinander und sagte: »Ich lese dir mal einen Artikel vor. Da wirst du gleich ganz wach werden!«

»Da bin ich aber gespannt«, sagte Martin. »Hat Tinas Mannschaft gewonnen?«

»Nein, etwas ganz anderes!«, sagte Roland und las vor: »Der diesjährige Maimarkt auf dem Wallenstein-Gelände erweist sich wieder als großer Erfolg.«

Martin unterbrach ihn. »Aha, ein großer Erfolg. Na toll!«, sagte er. »Willst du mir was über den Maimarkt erzählen? Der interessiert mich kein bisschen. Da gehen höchstens Menschen über fünfzig hin.«

Da hatte Martin natürlich recht. Der Maimarkt wurde jedes Jahr im Frühjahr vierzehn Tage lang in der Vorstadt abgehalten. Er nannte sich immer Maimarkt, obwohl er auch schon mal Ende April und zweimal im Juni stattgefunden hatte. Dazu wurden auf einem großen Gelände, das sonst als Parkplatz diente, Verkaufsstände aufgebaut. Da gab es viele Buden mit sehr billigen, altmodischen Kleidern und Socken, drei Gewürzstände, es wurden Bratpfannen und Töpfe angeboten, viele Holzartikel, wie Schneidebrettchen und Teakholzschalen, und eine ganze Menge Keramik, vom Becher bis zur Elefantenfigur aus glasiertem Ton. Roland sagte: »Wetten, dass noch heute oder spätestens morgen ein Mensch *unter* fünfzig auf den Maimarkt geht? Ein Mensch namens Martin Taschenbier!«

»Wieso soll ich da hingehen?«, fragte Martin. Nun war er doch neugierig geworden. »Lies mal weiter vor!«

»Ich lasse mal das Unwichtige weg und komme gleich zur Sache«, sagte Roland. »Hör mal: ›Die originellste Werbestrategie des Maimarkts hat sich in diesem Jahr ein Keramikverkäufer ausgedacht. Der Geschäftsmann hat sich auf Bunzlauer Keramik spezialisiert, Schüsseln, Tassen, Teller und Vasen, die in traditioneller Weise gemustert sind: blaue Punkte auf weißem Grund oder weiße Punkte auf blauem Grund. Und nun seine geniale Werbeidee: Um seinen Stand attraktiv zu machen, wirbt der Verkäufer für sein blau gepunktetes Bunzlauer Geschirr, indem er sich ebensolche Punkte ins Gesicht gemalt hat. Für diese wirklich originelle Idee kann man ihm nur viele Käufer wünschen.‹«

Roland blickte Martin an: »Sagt dir das was?«

Martin setzte sich auf. »Du meinst ...«

»Genau das, was du auch denkst!«, rief Roland.

»Du meinst, es ist Herr Daume?«, vollendete Martin seinen angefangenen Satz.

»Es könnte sein. Denk doch: blaue Punkte im Gesicht! Das wäre eine geniale Idee, die Punkte zu zeigen und sie gleichzeitig zu verstecken. Alle halten es für eine witzige Werbung. Er fällt nicht auf damit«, sagte Roland.

»Aber wieso verkauft er – wie heißt das?«

»Bunzlauer Geschirr«, half Roland ihm.

»Wieso verkauft er Geschirr? Er ist doch Sportlehrer«, sagte Martin.

»Du willst sagen, er *war* Sportlehrer«, verbesserte Roland. »Nach seinem Ausflug auf das Dach und nach der Anzeige wegen versuchter Kindesentführung nimmt den doch keine Schule mehr. Der musste sich etwas anderes suchen, um Geld zu verdienen.«

»Du meinst also, er verkauft jetzt diese Keramik, damit seine Punkte nicht auffallen«, sagte Martin.

»Kann sein, kann auch nicht sein. Um das rauszukriegen, müssen wir auf den Maimarkt und uns diesen blau gepunkteten Keramik-Typen genauer anschauen«, sagte Roland.

Martin blickte auf die Uhr. »Es ist zu spät«, sagte er. »Bis wir da sind, ist schon Verkaufsschluss. Da haben sie die Stände schon abgedeckt.«

»Aha!«, sagte Roland. »Du warst angeblich noch nie auf dem Maimarkt, weil da nur Leute über fünfzig hingehen. Du weißt aber, wann Verkaufsschluss ist

und dass man dann die Stände abdeckt. Bist du Hellseher?«
»Ich war schon mal da«, gab Martin widerwillig zu. »Meine Mutter hat mich dahin mitgeschleppt. Wir haben aber nur eine Currywurst gegessen und Pizzagewürz gekauft.«
»Du willst wirklich nicht hingehen und nachsehen, ob der gepunktete Geschirrverkäufer Herr Daume ist?«
»Natürlich will ich das«, sagte Martin. »Aber erst morgen. Morgen gehen wir zusammen mit dem Sams hin, ja? Wenn es tatsächlich Herr Daume ist, kann sich das Sams gleich die Wunschpunkte holen. Mann, das wäre so was von erstklassig! Wir könnten wünschen! Du kommst doch mit?«
»Wenn du erst morgen gehst, musst du mit dem Sams allein hingehen«, sagte Roland. »Morgen ist Samstag. Da ist schulfrei. Und meine Mutter hat auch frei. Wir wollen zusammen Turnschuhe und ein paar Klamotten kaufen.«
»Kann sie das nicht nächste Woche machen?«
»Nein, das kann sie nicht. Die Woche über arbeitet sie doch im Wasserwirtschaftsamt.«
»Na gut. Dann geh ich zusammen mit dem Sams hin«, sagte Martin. »Und du bist der Erste, der erfährt, ob es Daume war oder nicht. Einverstanden?«
»Einverstanden«, sagte Roland.

Martin stand auf und schlüpfte in seine Schuhe. »Komm mit nach unten«, sagte er.
Roland lachte. »Deine Magenverstimmung ging aber schnell wieder weg«, sagte er.
»Magenverstimmung?«, fragte Martin. »Wer behauptet denn so was?«
»Das musst du wohl deiner Mutter so erzählt haben«, sagte Roland. Während sie die Treppe hinuntergingen, fragte er: »Was ist eigentlich mit eurem Känguru? Ist es zurückgekommen?«
»Nein«, sagte Martin. »Es ist und bleibt verschwunden.«

Auf zum Maimarkt!

Das Samstagmorgen-Frühstück war viel angenehmer als das am Vortag. Martins Eltern hatten sich offensichtlich wieder versöhnt. Martin sah es mit Freude.

»Heute Nachmittag werden deine Mutter und ich den Schreibtisch kaufen, den sie sich schon lange gewünscht hat«, sagte Herr Taschenbier zu Martin.

»Ist das der in diesem teuren Antiquitätengeschäft?«, fragte Martin.

»Genau der«, sagte Herr Taschenbier. »Ich habe gestern tausend Euro abgehoben.«

»Das dürfte wirklich reichen«, sagte Frau Taschenbier lachend.

»Ist es nicht leichtsinnig, so viel Geld im Haus herumliegen zu lassen?«, fragte Onkel Alwin, während er sein Brötchen erst mit Butter, dann dick mit Marmelade bestrich, um es darauf in den Milchkaffee zu tunken. Frau Taschenbier sah ihm kopfschüttelnd dabei zu.

Onkel Alwin saß in Herrn Taschenbiers Morgenrock am Tisch, hatte aber merkwürdigerweise seinen Lederhut auf dem Kopf.

»Ich habe das Geld gut versteckt«, sagte Herr Taschenbier.

»Im Küchenschrank?«, fragte Martin.

»Du hast es erraten«, sagte sein Vater.

»Das ist euer altes Geheimversteck«, sagte Martin.

»Woher weißt du das?«, fragte Herr Taschenbier.

Martin lachte. »In der linken Schublade habt ihr immer die angebrochenen Schokoladentafeln versteckt.«

»Die dann auf geheimnisvolle Weise verschwunden sind«, sagte Martins Mutter.

»Ich hab sie aber nicht genommen«, sagte das Sams. »Leider!«

»Weil du das Versteck nicht kanntest«, sagte Martin. »Sonst wäre die Schokolade weg gewesen, noch bevor ich sie mir ausgeliehen hätte.«

»Ausgeliehen nennst du das?«, sagte Martins Mutter. »Was man leiht, sollte man eigentlich wieder zurückgeben.«

»Heute Nachmittag können wir dir zehntausend Tafeln Schokolade zurückgeben, wenn du das möchtest«, behauptete das Sams.

»Wie kommst du auf die verrückte Idee?«, fragte Herr Taschenbier.

»Wir werden sie uns herwünschen«, sagte das Sams.
Martin machte »Pssst!« und schüttelte warnend den Kopf.
Onkel Alwin lachte. »Du glaubst wohl ganz im Ernst, dass man sich Sachen einfach herwünschen kann?«, fragte er. »So was gibt's höchstens im Märchen.«
In diesem Augenblick klingelte das Telefon.
»Dass die Leute aber auch immer während des Frühstücks anrufen müssen!«, schimpfte Herr Taschenbier und ging zum Telefon.
Das Sams sagte:

»Kaum frühstückt man, da klingelt schon
ganz laut das doofe Telefon,
und aus dem Hörer ruft Herr Schmitt:
›Ich wünsche guten Appetit!‹«

»Leider ist es oft genau so. Wir sind beim Frühstück, und schon ruft jemand an!«, sagte Frau Taschenbier. »Besonders am Samstag.«
Das Sams rief Herrn Taschenbier hinterher:

»Dann sag: ›Das will ich gar nicht hören,
weil Sie uns jetzt beim Frühstück stören!‹«

»Das würde Papa nie tun«, sagte Martin. »Dazu ist er viel zu höflich.«

Im Nebenzimmer hörte man Herrn Taschenbier ins Telefon sprechen. »Ja ... Ach so ... Aber eigentlich hatten meine Frau und ich heute etwas anderes vor ... Ach so ... Na ja ... Na gut, wir kommen ... Danke ... Ja, ja ... und bis gleich!«

Als Herr Taschenbier den Hörer aufgelegt hatte und zurückkam, blickten ihn alle erwartungsvoll an.

»Wer war das? Und wer kommt wohin?«, fragte Frau Taschenbier.

Herr Taschenbier schaute ein bisschen schuldbewusst, als er sagte: »Das war mein Chef. Mara, wir werden den Schreibtisch gleich am Montag kaufen. Das verspreche ich dir. Ganz bestimmt!«

»Und weshalb nicht heute?«, fragte sie.

»Bei uns in der Firma ist ganz überraschend eine Delegation aus Japan eingetroffen, die sich für unsere Mini-Schirme interessiert«, sagte Herr Taschenbier. »Der Chef würde ihnen gerne im Rahmen einer kleinen Feier die führenden Mitarbeiter vorstellen.«

Nicht ohne Stolz fügte er hinzu: »Und dazu gehöre ich wohl auch.«

»Und du konntest nicht absagen?«, fragte seine Frau. »Heißt das, dass ich jetzt den halben Samstag hier mit Onkel Alwin verbringe?«

»Wäre das so schlimm?«, fragte Onkel Alwin.
»Nein, nein. Du bist natürlich mit eingeladen, Mara«, sagte Herr Taschenbier.
»Dann muss Onkel Alwin leider alleine hierbleiben«, sagte Martin. »Denn ich gehe mit dem Sams auf den Maimarkt.«
»Was willst du denn auf dem Maimarkt?«, fragte seine Mutter. »Kauf bitte keine von diesen billigen Klamotten!«
»Nein, das habe ich nicht vor«, sagte Martin. »Wir besuchen einen Bekannten.«
»Du meinst: Wir suchen ihn«, verbesserte das Sams.
»Wen, um Himmels willen, wollt ihr dort suchen?«, fragte Herr Taschenbier.
»Das ist vorerst unser Geheimnis«, sagte Martin.
»Und Geheimnisse verrät man nicht, weil sie sonst nämlich nicht mehr geheim sind«, wusste das Sams.
»Na gut. Dann geht ihr auf den Maimarkt, und deine Mutter und ich gehen jetzt in die Firma«, sagte Herr Taschenbier.
Es dauerte allerdings noch eine Weile, bis Herr und Frau Taschenbier sich auf den Weg machen konnten.
Frau Taschenbier hatte sich ziemlich schnell ausgehfertig gemacht, bei Herrn Taschenbier dauerte es ein wenig länger. Er hatte sich zwar eilig den guten Anzug angezogen und die Krawatte umgebunden, dann

aber musste er ziemlich lange nach seinen Schuhen suchen.
Aber auch sie fanden sich schließlich: Sie standen mit einigem Abstand voneinander im Garten. Zwischen ihnen lag eine zermatschte Zwiebel.
»Was suchen meine guten Schuhe im Garten?«, fragte Herr Taschenbier fassungslos.
»Nicht deine Schuhe suchen etwas im Garten, sondern du suchst dort was, Papa Taschenbier. Und zwar deine Schuhe«, sagte das Sams.
»Danke für die Belehrung«, knurrte Herr Taschenbier, während er in die Schuhe schlüpfte. »Gut, dass es heute Nacht nicht geregnet hat, sonst hätte ich jetzt nasse Socken.«
Nun war auch Herr Taschenbier ausgehfertig. »Nehmt den Hausschlüssel mit, wenn ihr geht! Vielleicht sind wir noch gar nicht zurück, wenn ihr wiederkommt«, rief er Martin und dem Sams zu. Dann gingen er und Frau Taschenbier.
»Lass uns auch gleich gehen, Sams. Hier ist es ungemütlich«, sagte Martin mit einem Blick zu Onkel Alwin, der sich gerade mit einer Gabel zwischen den nackten Fußzehen kratzte.
»Wir gehen gleich, sagt der Scheich. Wir gehen nicht später, sagt der Sanitäter. Wir gehen flink, sagt der Fink«, sang das Sams.

»Bevor wir flink gehen, wirst du dich aber erst mal umziehen«, sagte Martin. »Im Taucheranzug nehm ich dich nicht mit.«
Das Sams sang weiter, während es sich das karierte Hemd überstreifte, eine von Herrn Taschenbiers Hosen über den Taucheranzug zog und Martins Schirmmütze aufsetzte.

»Das Sams ist ungelogen
in fünf Minuten angezogen.
Das Sams trägt gerne Martins Hut,
denn der steht ihm wirklich gut.«

»Das ist kein Hut. So was nennt man Schirmmütze«, sagte Martin.
»Als ob ich das nicht wüsste«, antwortete das Sams. »Aber weißt du vielleicht ein Reimwort auf ›Mütze‹?«
»Ja, ›Pfütze‹«, sagte Martin. »Aber lass bitte nicht die Mütze absichtlich in irgendeine Pfütze fallen, nur damit du was zu reimen hast. Und jetzt komm mit!«
Gegen Mittag kamen die beiden beim Maimarkt an.
Es war nicht besonders viel los. Die meisten Leute waren wohl noch beim Mittagessen. Auch viele der Händler saßen vor oder hinter ihrem Stand, aßen mitgebrachte Brote oder hatten sich am Bratwurststand eine Wurst mit Senf geholt.

Nur ein paar vereinzelte Käufer gingen zwischen den Ständen auf und ab, betrachteten die ausgestellten Waren oder ließen sich Kleider oder Schuhe zeigen.
Ein auffällig dicker Mann probierte ein Hemd nach dem anderen an, aber alle waren ihm zu eng.
Die Verkaufsstände waren so aufgestellt, dass sie schmale Gassen bildeten.
Martin und das Sams schlenderten durch die Gassen, schauten nach links und rechts und hielten Ausschau nach einem Keramikstand. Wenn sie das Ende einer Gasse erreicht hatten, machten sie kehrt und gingen durch die danebenliegende zurück.
Als sie schon zwei Gassen hinter sich hatten und gerade in eine dritte eingebogen waren, blieb Martin stehen, fasste das Sams am Arm und hielt es zurück.
»Sieh mal, da vorne!«, sagte er halblaut.
Auf der linken Seite stapelten sich auf einem Verkaufstisch Tassen, Becher, Teller und Schüsseln. Alle waren entweder blau mit weißen Tupfen, oder sie waren weiß und hatten blaue Punkte.
Wer hinter dem Verkaufstisch stand, konnte Martin von seinem Platz aus nicht sehen. Die Stoffwand des Standes daneben verdeckte den Verkäufer. Sie sahen nur seine Hände. Er stapelte gerade noch mehr Geschirr auf den Tisch.
»Lass uns vorsichtig näher gehen«, flüsterte Martin.

Hinter dem Verkaufstisch stand tatsächlich Herr Daume. Martin stellte sich davor.

»Guten Tag, Herr Daume«, sagte er.

»Das ... das ist ja Martin Taschenbier«, sagte Herr Daume. »Wie kommst *du* denn hierher? Hast du mich etwa gesucht?«

Jetzt hatte er Martins Begleiter entdeckt.

»Und da ist dieses Sums, das mich auf dem Dach festgewünscht hat!«, rief er und trat schnell ein paar Schritte zurück.

»Das Sams«, verbesserte das Sams. »Immer noch ›das Sams‹, wenn ich bitten darf.«

»Du willst doch nicht etwa noch einmal wünschen?«, fragte Herr Daume.

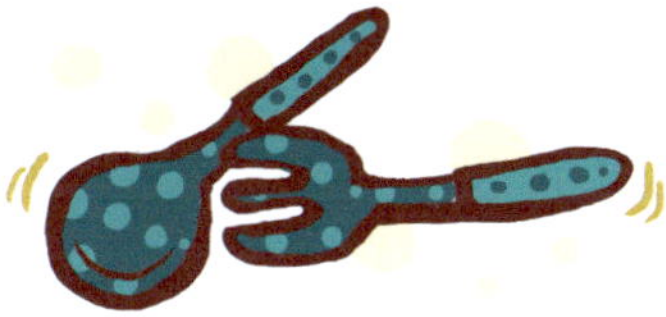

»Doch, das will ich«, sagte das Sams.
»Deswegen sind wir ja hier«, sagte Martin.
»Ich will nicht schon wieder aufs Dach!«, rief Herr Daume in Panik und rannte so schnell hinter dem Verkaufstisch hervor, dass er dabei fast die gepunkteten Schüsseln und Becher umgestoßen hätte.
Ehe Martin und das Sams begriffen hatten, dass Herr Daume vor ihnen floh, war er schon ein ganzes Stück entfernt.

»Schnell! Ihm nach!«, rief Martin und rannte mit dem Sams hinterher.
Aber nicht umsonst war Herr Daume Sportlehrer gewesen. Er rannte so schnell, dass weder Martin noch das Sams folgen konnten.
Schließlich gaben sie auf und blieben, heftig atmend, stehen.
»Der ist weg«, sagte Martin.
»Ich bin doof! Strohdumm! Dumm wie ein Huhn! Ach was, wie mindestens vier Hühner!«, schimpfte das Sams, als es wieder zu Atem gekommen war.
»Es ist ja schön, dass du so viel Selbsterkenntnis hast«, sagte Martin. »Aber vielleicht verrätst du mir, weshalb genau du so dumm bist.«
»Ich hätte nur ganz schnell rufen müssen: ›Ich wün-

sche, dass die blauen Punkte in meinem Gesicht sind‹«, sagte das Sams. »Er hätte das gehört – und schon hätte ich die Wunschpunkte gehabt. Dann hätte er ruhig wegrennen können.«

»Was machen wir jetzt?«, fragte Martin.

»Soll ich das wissen müssen?«, fragte das Sams. »Ich hab keinen Rat parat. So weit ich auch seh: Es gibt keine Idee. So über ich auch lege, ich bringe nichts zuwege!«

Martin dachte nach. »Wir gehen zu seinem Verkaufsstand zurück«, sagte er dann. »Ich glaube nicht, dass er seine Keramiksachen dort einfach stehen lässt, ganz unbewacht. Er hat bestimmt große Angst, dass man seine Sachen klaut. Ich wette, er kommt zurück.«

»Aber er hat bestimmt noch größere Angst, dass ich ihn wieder aufs Dach wünsche«, sagte das Sams. »Er

kommt nicht, wenn er uns da stehen sieht.«

»Du hast recht. Deswegen darf er uns nicht sehen.«

»Wie denn? Wenn er da wäre, könnte ich wünschen, dass wir unsichtbar sind.«

»Wenn er da wäre, bräuchtest du nicht zu wünschen, dass wir unsichtbar sind. Da könntest du auch gleich wünschen, dass die Punkte in deinem Gesicht sind«, sagte Martin.

»Stimmt«, bestätigte das Sams.

»Was machen wir also?«

Martin sagte: »Wir verstecken uns unter seinem Verkaufstisch und warten.«

Im Versteck

Martin und das Sams blickten sich vorsichtig um. Die Verkäufer an den anderen Ständen bedienten gerade die wenigen Kunden, aßen oder blickten gelangweilt vor sich hin.

»Jetzt!«, befahl Martin leise, hob die tief hängende Tischdecke hoch und ließ das Sams darunterklettern. Dann kroch er zum Sams unter den Tisch.

»Das war eine obergute Idee von dir«, sagte das Sams, während es die Tischdecke zuzog.

Sie kauerten da unten und warteten.

»Dauert es noch lange?«, fragte das Sams nicht ganz leise nach nicht ganz zwei Minuten.

»Psssst! Woher soll ich das wissen?«, flüsterte Martin. »Wir warten einfach.«

»Das geht nicht«, flüsterte das Sams.

»Wieso nicht?«

»Weil wir zu zweit sind«, flüsterte das Sams. »Also warten wir nicht einfach, sondern zweifach.«

»Meinetwegen zweifach«, flüsterte Martin. »Und jetzt sei still.«

Aber das Sams war nicht still. »Zweifaches Warten dauert doppelt so lange wie einfaches«, sagte es.
»Wieso?«, fragte Martin.
»Wenn ich drei Minuten warte und du auch drei Minuten, sind das sechs Minuten«, rechnete ihm das Sams vor.
»Jetzt rechnest du schon genauso unsinnig wie Onkel Alwin«, sagte Martin. »Wie er mit seinen gesparten Buchstaben!«
Das Sams ließ sich nicht beirren. »Wenn wir hier unten zu fünft oder sogar zu siebt wären ...«
»Sieben passen gar nicht unter diesen Tisch«, sagte Martin.
»Ich will dir ja nur was vorrechnen«, sagte das Sams. »Sieben Zwerge würden unter den Tisch passen, ja?«
Martin lachte leise. »Aber nur, wenn sie Schneewittchen nicht dabeihaben!«
Das Sams ließ sich nicht beirren: »Wenn also zum Beispiel sieben Zwerge unter dem Tisch sitzen würden und drei Minuten warten ...«
»Pssst!«, machte Martin. Er flüsterte dem Sams ins Ohr: »Hörst du es auch?«
Das Sams nickte. Langsame, zögernde Schritte näherten sich.
»Ist das Herr Daume?«, flüsterte das Sams. »Guck doch mal vorsichtig raus!«

Martin schob die Tischdecke ein wenig zur Seite. Direkt vor sich sah er zwei Hosenbeine. Ob die zu Daume gehörten?
Martin schob die Decke noch mehr zur Seite und blickte nach oben, direkt in das Gesicht von Herrn Daume.
Der schrie erschrocken auf, drehte sich um und begann wegzurennen.
»Herr Daume, bleiben Sie doch stehen!«, rief Martin. »Wir wollen Sie nicht wieder aufs Dach wünschen. Wirklich!«
Herr Daume blieb stehen.
»Bleib da unten!«, rief er. »Ein Schritt, und ich bin wieder weg. Dann siehst du mich nur noch von hinten

und aus der Ferne. Wie wir wissen, ist Martin Taschenbier ja nicht gerade sportlich.«

»Ich wünsche nichts Böses. Im Gegenteil!«, rief das Sams, das inzwischen die Tischdecke ganz zur Seite geschoben hatte.

»Im Gegenteil? Was meinst du damit?«, fragte Herr Daume.

»Wenn ich richtig recht vermute, ist das Gegenteil das Gute«, reimte das Sams.

Herr Daume war immer noch misstrauisch.

»Was wollt ihr von mir?«, fragte er. »Ihr seid doch nicht nur deshalb hierhergekommen, um mir Guten Tag zu sagen.«

»Wollen Sie die Punkte in Ihrem Gesicht loswerden?«, fragte Martin.

»Und ob ich das will!«, rief Herr Daume und kam vorsichtig ein paar Schritte näher.

»Na gut«, sagte das Sams. »Herr Daume will die Punkte nicht, ich wünsche sie in mein Gesicht.«

Kaum hatte es ausgesprochen, erschienen in seinem Gesicht leuchtend blaue Punkte.

Herr Daume betrachtete das Sams und rief: »Sind das meine Punkte? Die aus meinem Gesicht?«

»Genau die«, sagte das Sams und kroch unter dem Tisch hervor. »Jetzt sind es meine! Oberübergute, erstklassige Wunschpunkte.«

»Sagst du die Wahrheit?« Herr Daume drehte die Augen nach unten, versuchte sein Gesicht zu betrachten und sagte: »Hätte ich doch einen Spiegel!«
Er blickte sich um, ging zum Verkaufsstand nebenan. Dort stand eine Frau hinter einem Tisch voller Kochlöffel, Schneidebrettchen und Holzspielsachen. Vor dem Tisch stand ein Kunde. Es war der dicke Mann, den Martin und das Sams beim Hemdenkauf beobachtet hatten. Er schien tatsächlich etwas in seiner Größe gefunden zu haben, denn er trug ein auffallend gemustertes Hawaii-Hemd.
Herr Daume tippte dem Dicken auf die Schulter und sagte: »Entschuldigung! Was sehen Sie in meinem Gesicht?«
Der Mann drehte sich zu ihm um. »In Ihrem Gesicht?«, fragte er.
»Ja.« Herr Daume nickte. »Sagen Sie es mir ganz ehrlich!«
»Was soll ich da sehen?«, fragte der Mann. »Eine Nase?«
»Keine Punkte?«, fragte Herr Daume. »Wirklich kein einziger Punkt?«
»Was für Punkte?« Der dicke Mann schüttelte den Kopf. »Da sind keine Punkte.«
»Keine Punkte!«, rief Herr Daume. Er war nahe daran, den dicken Mann vor Freude zu umarmen. »Keine Punkte, keine Punkte!«

»Sie sind vielleicht ein Spinner!«, sagte der Mann und ging kopfschüttelnd weiter.
Da entdeckte er das Sams. »Hier, gucken Sie!«, rief er Herrn Daume zu. »Kommen Sie hier herüber! Schauen Sie: Dieses Kind hier hat tatsächlich Punkte im Gesicht! So ein Zufall!«
Er wandte sich an das Sams. »Wer hat dich denn angemalt? Deine Mama?«
»Angemalt!«, wiederholte das Sams herablassend. »Ich lass mich nie niemals nicht anmalen.«
»Ach, sind die Punkte vielleicht von alleine gekommen? Du hältst sie wohl für Pickel?«, fragte der Mann spöttisch. »Oder für blaue Warzen?«
»Bei solchen dummen Fragen dreht sich mir der Magen«, antwortete das Sams. »Bei solchen dummen Fragen kann ich nur verzagen!«
»Die Kinder sind derart frech heutzutage!«, brummte der Mann und ging weiter.
»Solche dummen Fragen kann man kaum ertragen!«, rief das Sams ihm hinterher.
Martin sagte: »Ist schon gut! Jetzt lass den Mann in Ruhe! Woher soll er auch wissen, dass es erstklassige Wunschpunkte sind!«
Er war inzwischen auch unter dem Tisch hervorgekrochen.
»Bin ich froh, dass ich diese verdammten Punkte los-

geworden bin«, sagte Herr Daume. Er wandte sich an das Sams: »Ich hätte gute Lust, dich nachträglich noch zu verprügeln. Was du mir angetan hast!«
»Du vergisst, was du mir angetan hast!«, sagte das Sams. »Wir sind quitt.«
»Meinetwegen«, sagte Herr Daume. Er gab dem Sams sogar die Hand. »Auf Nimmerwiedersehen«, sagte er dabei.
»Tschüss, Herr Daume«, sagte Martin, fasste das Sams am Arm und zog es mit sich fort.
Nachdem sie eine Weile gegangen waren, blieb das Sams stehen.
»Was ist?«, fragte Martin.
»Ich merke, dass ich zu schnell gewünscht habe«, sagte das Sams. »Sozusagen ungenau gewünscht.«
»Wieso?«, fragte Martin.
»Die Leute, die uns entgegenkommen, gucken mir alle neugierig ins Gesicht. Wegen der Punkte. Manche drehen sich sogar nach mir um. Das mag ich nicht.«
»Wünsch dir die Punkte doch einfach auf den Bauch, dann sieht sie keiner«, schlug Martin vor.
»Du redest vielleicht einen blödsinnigen, strohdoofen Unsinn!«, sagte das Sams. »Als hättest du die Sams-Regel 422 noch nie gehört.«
»Wie lautet die denn?«, fragte Martin.
»Ein Sams darf nie mit seinen eigenen Punkten wün-

schen. Das könntest du längst wissen. Schließlich bin ich nicht das erste Mal bei euch.«
»Das hatte ich ganz vergessen«, sagte Martin. »Bedeutet das, dass ich jetzt wünschen darf?«
Das Sams nickte.

»Mit meinen Punkten im Gesicht
kann Martin wünschen, ich doch nicht!
Mit meinen blauen Punkten hier,
da wünscht jetzt Martin Taschenbier.«

»Schön!« Martin freute sich. »Dann wünsche ich, dass die Wunschpunkte nicht mehr in deinem Gesicht, sondern auf deinem Bauch sind.«
Kaum hatte er ausgesprochen, waren die Punkte schon aus dem Sams-Gesicht verschwunden.
»Sind die Punkte jetzt auf dem Bauch?«, fragte Martin. »Zeig doch mal!«
»Meinen Bauch zeige ich niemals nicht her«, sagte das Sams. »Schon gar nicht auf der Straße. Du musst mir einfach glauben, dass die Punkte jetzt da unten sind.«
»Ich könnte ja wünschen ...«, fing Martin an.
»Halt! Wünsch nicht aus Versehen. Überlege gut, was du sagst!«, warnte ihn das Sams. »Was wolltest du denn sagen? Aber Vorsicht! Sprich das Wort ›wünschen‹ nicht aus.«

»Ich meinte, wir könnten die Punkte ja testen. Indem ich sage, dass wir jetzt zu Hause im Wohnzimmer stehen.«

»Ja, das könntest du wünschen«, sagte das Sams. »Ich würde es dir aber nicht raten. Das ist reine Punkteverschwendung. Der Heimweg ist auch nicht länger als der Hinweg. Heb die Punkte lieber für wichtigere Wünsche auf!«

»Du hast recht«, sagte Martin. »Wir können auch zu Fuß nach Hause gehen.«

»Die Punkte vom Gesicht,
die sind jetzt auf dem Bauch.
Da sieht man sie zwar nicht,
doch wirken tun sie auch«,

reimte das Sams, während sich die beiden nun zu Fuß auf den Heimweg machten.
Es war Martin, der diesmal anfing, laut zu singen:

»Willst du keine Punkte verschwenden,
darfst du keine Punkte verwenden.«

Das Lied gefiel dem Sams. Es krähte dazwischen:

»Ja, zu viel Wunschpunkt-Verwenderung
ist echte Wunschpunkt-Verschwenderung!«

Gemeinsam sangen sie weiter:

»Willst du keine Punkte verschwenden,
darfst du keine Punkte verwenden,
keine Punkte verwenden,
keine Pu-Pu-Punkte verwenden!«

Ihr Gesang hallte durch die Straße. Die Leute drehten sich neugierig nach den Sängern um. Das war den beiden egal. Laut und fröhlich sangen sie weiter. Sie waren einfach glücklich. Sie hatten erreicht, was sie wollten. Das Sams hatte neue Punkte, und Martin durfte damit wünschen.
Er wusste auch ganz genau, was er wünschen würde,

sobald er zu Hause war. Seine Mutter würde sich freuen. Sehr, sehr freuen.
Er würde nämlich sagen: »Ich wünsche, dass Onkel Alwin endlich seine Sachen packt, sich von uns verabschiedet und abreist!«
Martins Eltern waren inzwischen von der Firmenfeier zurückgekehrt, als er mit dem Sams zu Hause ankam.
Seine Mutter öffnete auf sein Klingeln die Haustür.
Martin nahm sie beim Arm und zog sie vor die Tür.
»Ich muss dir was sagen«, flüsterte er. »Aber leise, damit es der Onkel drinnen nicht hört. Du kannst dich freuen. Bald ist er nämlich für immer weg. Das Sams hat neue Wunschpunkte. Gleich wünsche ich, dass Onkel Alwin wieder zurück in Australien ist.«
Zu seiner allergrößten Verblüffung antwortete seine Mutter: »Wünsch Onkel Alwin lieber wieder her!«

Eine böse Überraschung

Was war geschehen, während Martin mit dem Sams zum Maimarkt unterwegs war?
Das kleine Fest in der Firma war angenehmer und lustiger gewesen, als es sich Frau Taschenbier vorgestellt hatte.
Der Chef hielt eine Ansprache, in der er auch Herrn Taschenbier und dessen Arbeit lobend erwähnte, später gab es kleine belegte Weißbrote und Sekt.
Im Gegensatz zu Frau Taschenbier, die den Sekt in ihrem Glas immer mit viel Orangensaft vermischte, sagte Herr Taschenbier nie Nein, wenn ihm ein neues Glas Sekt angeboten wurde. Und da er gewöhnlich wenig Alkohol trank, vertrug er auch wenig und war nun ein klein wenig beschwipst und schwankte ein wenig. Da er sich aber am Arm seiner Frau eingehängt hatte und sie ihn stützte, kamen sie bei ihrem Haus an, ohne dass Herr Taschenbier ein einziges Mal gestolpert oder gar hingefallen wäre.
Herr Taschenbier klingelte. Niemand öffnete. Herr Taschenbier klingelte noch einmal, ziemlich lange.

Nachdem die beiden eine Weile gewartet hatten, sagte er: »Es ist nicht zu fassen: Mein Onkel ist zu faul, vom Sofa aufzustehen, zur Haustür zu gehen und uns zu öffnen.«

»Das ist typisch für ihn«, sagte seine Frau.

»Du hast so was von recht«, sagte Herr Taschenbier. »Weißt du, was ich ihm jetzt sage?«

»Was denn?«, fragte seine Frau.

»Ich werde sagen: ›Onkel Alwin, übers Wochenende kannst du gerne noch bleiben. Aber am Montag ist endgültig Schluss. Verstehst du? Schluss! Es geht nicht mehr so weiter. Ich muss dich bitten, hier auszuziehen.‹«

»Hoffentlich sagst du das jetzt nicht nur, weil der Sekt dich mutig gemacht hat«, sagte Frau Taschenbier.

»Nein, das ist mein Ernst«, versicherte er. »Am Montag zieht der Onkel aus, und dein neuer Schreibtisch zieht ein.«

»Das ist die schönste Nachricht seit Wochen«, sagte Frau Taschenbier und gab ihrem Mann einen Kuss. »Und jetzt hol mal endlich den Schlüssel aus der Jackentasche und schließ die Tür auf!«

Als sie ins Wohnzimmer kamen, saß Onkel Alwin nicht wie gewöhnlich auf dem Sofa.

»Vielleicht ist er oben in Martins Zimmer und hat sich ein bisschen flachgelegt«, sagte Herr Taschenbier, zog erst die Jacke aus und dann die engen Schuhe. Er schleuderte Jacke und Schuhe einfach auf den Teppich, was er sonst nie tat. Danach streckte er sich wohlig im Sessel aus.

»Mann, Mann, so gehst du mit deinen Sachen um!«, sagte seine Frau lachend. »Und am Montag, wenn du ins Geschäft musst, klagst du dann, dass deine Jacke ganz zerknittert ist.«

Sie hob Jacke und Schuhe vom Boden auf und verstaute die Sachen im Garderobenschrank im Flur.

»Ich zieh mir auch etwas Bequemeres an«, sagte sie dann und ging ins Schlafzimmer.

Kurz darauf hörte er sie von dort rufen: »Bruno, kommst du mal?«, und gleich darauf: »Bruno, komm bitte sofort!«

Es klang ziemlich drängend. Herr Taschenbier stand auf und ging auf Strümpfen ins Schlafzimmer.

Dort stand seine Frau vor der Schatulle, in der sie ihren Schmuck verwahrte.

»Schau mal!«, sagte sie. »Ich wollte gerade meine Kette zurücklegen. Die Schatulle ist leer. Kannst du dir das erklären? Nichts mehr drinnen!«

»Nichts mehr? Ganz leer?«, fragte Herr Taschenbier. »Und die echte Perlenkette, die du von deiner Tante Anna geerbt hast?«

»Weg! Nicht nur die, sondern auch Tante Annas

Brillant-Ohrringe, mein goldener Armreif, der Anhänger, meine Ringe – mein ganzer Schmuck eben!«
»Und alles ist weg?«, fragte Herr Taschenbier.
»Schau doch rein!«, sagte sie. »Die Schatulle ist leer.«
»Tatsächlich«, bestätigte er. »Völlig leer.«
»Das sag ich doch!«
»Könnte es sich um einen Einbruch handeln?«, fragte Herr Taschenbier. »Meinst du, hier war ein Dieb?«
»Es sieht genau so aus«, sagte sie.
»Aber wie sollte der ins Schlafzimmer gekommen sein?«, sagte Herr Taschenbier. »Nein, nein. Unmöglich!«
»Geh doch mal hoch zu Onkel Alwin und frag ihn, ob er etwas Verdächtiges gesehen oder gehört hat«, schlug Frau Taschenbier vor.
Herr Taschenbier rannte die Treppe zum ersten Stock hoch und kam kurz darauf ganz langsam wieder nach unten.
»Was hat er gesagt?«, fragte seine Frau.
Herr Taschenbier schüttelte den Kopf.
»Sag schon!«, rief seine Frau.
»Er ist nicht oben«, sagte Herr Taschenbier zögernd.
»Nicht oben?«
»Er ist nicht oben, sein Rucksack steht nicht mehr da, sein Hut hängt nicht wie üblich am Haken, seinen Mantel scheint er auch mitgenommen zu haben ...«

»Mitgenommen? Du glaubst, er ist weg?«, fragte Frau Taschenbier.
Herr Taschenbier nickte.
»Für immer weg?«, fragte sie nach.
»Es scheint so. Und mir kommt gerade ein ganz böser Verdacht. Komm mit in die Küche!«
»Du meinst ...«, sie beendete ihren Satz nicht, aber Herr Taschenbier wusste genau, was sie hatte sagen wollen.
In der Küche zog Herr Taschenbier sofort die linke Schublade des Küchenschranks auf und blickte hinein.
»Ich habe es geahnt«, murmelte er.
»Das Geld ist weg. Er hat nicht nur deinen Schmuck geklaut, sondern auch meine tausend Euro!«
»Hättest du ihm nur nicht das Versteck verraten!«, sagte sie.

»Ich konnte doch nicht ahnen, dass mich mein Onkel bestiehlt!«, rief Herr Taschenbier. »Mein eigener Onkel!«
»Wir müssen die Polizei benachrichtigen. Wir müssen Anzeige erstatten«, sagte seine Frau. »Ruf mal gleich da an!«
»Besser, wir fahren zur nächsten Polizeistation«, sagte Herr Taschenbier. »Die müssen ein Protokoll aufnehmen, oder wie das heißt. Das kann man nicht am Telefon.«
»Ich werde fahren«, beschloss seine Frau. »Du bist vielleicht nicht mehr ganz fahrtüchtig.«
Sie ging voraus in den Flur.
»Wo ist denn der Autoschlüssel?«, rief sie von dort.
»Er hängt am Haken, wie immer«, sagte Herr Taschenbier und kam zu ihr in den Flur.
»Da hängt er aber nicht«, sagte seine Frau.
Sie blickten sich an. Herr Taschenbier wurde mit einem Mal ganz bleich und sagte: »Nein, nein. Das darf nicht wahr sein. Nicht auch noch das Auto!«
Er riss die Haustür auf und stürmte auf Strümpfen hinüber zur Garage. Seine Frau eilte hinterher.
Die Garagentür stand offen. So kostete es die beiden nur einen Blick, und sie wussten Bescheid.
»Er hat tatsächlich unser Auto gestohlen«, sagte Herr Taschenbier fassungslos.

»Und ist damit über alle Berge«, setzte Frau Taschenbier hinzu.
Herr Taschenbier war so erschüttert, dass er sich auf den Boden der leeren Garage setzen musste.
»Ein Taschenbier bestiehlt einen Taschenbier! Ein Onkel bestiehlt seinen eigenen Neffen!«, sagte er von da unten. »So was hat es in unserer Familie noch nie gegeben. Wir Taschenbiers waren immer ehrliche Leute. Noch nie ist einer mit der Polizei in Konflikt geraten!«
»In jeder Familie gibt es mal ein schwarzes Schaf«, sagte sie. »Obwohl man bei deinem Onkel besser von einem schwarzen Känguru sprechen müsste.«
Sie konnte schon wieder lächeln.
»Steh auf!«, sagte sie und streckte ihm die Hand hin. »Jetzt können wir nur noch telefonisch Bescheid sagen. Die Polizei muss zu uns kommen.«
»Was für eine Schande für unsere Familie«, sagte Herr Taschenbier, während er aufstand, die Garagentür mit einem heftigen Ruck zuzog und hinter seiner Frau ins Haus zurückging. »Was werden die Nachbarn sagen, wenn die Polizei zu uns ins Haus kommt?«, fragte er dabei. »Die denken vielleicht, wir hätten etwas verbrochen.«
»Kümmere dich nicht um die Nachbarn«, sagte Frau Taschenbier. »Wichtiger ist, dass wir unser Auto wieder zurückbekommen.«

»Und deinen Schmuck«, sagte Herr Taschenbier. »Und unser Geld!«
»Dazu müssen sie den Onkel aber erst mal kriegen«, sagte seine Frau. »Diesen Gauner!«
»Diesen gemeinen Dieb!«, rief Herr Taschenbier.
»Diesen Schuft!«
Frau Taschenbier machte dem Schimpfkonzert ein Ende. Sie sagte: »So, und nun wird die Polizei geholt!«
Im Wohnzimmer setzte sie sich auf die Sessellehne, nahm das Telefonbuch zur Hand und suchte nach der Polizeinummer.
In diesem Augenblick klingelte es stürmisch an der Haustür.
Als Frau Taschenbier öffnete, standen Martin und das Sams draußen.
Das war genau der Augenblick, in dem Martin seiner Mutter zuflüsterte: »Du kannst dich freuen. Das Sams hat neue Wunschpunkte. Gleich wünsche ich, dass Onkel Alwin wieder zurück in Australien ist.«
Und zu seiner Verblüffung antwortete seine Mutter nicht etwa: »Das ist aber toll! Wie schön! Da freue ich mich!«, sondern sagte: »Wünsch Onkel Alwin lieber wieder her!«

Familie Taschenbier braucht Hilfe

Martin mochte es nicht glauben, was ihm seine Mutter da erzählte. »Ehrlich wahr? Wirklich? Das ist kein Witz? Onkel Alwin hat uns beklaut?«, fragte er. »Und jetzt ist er auch noch mit unserem Auto weg?«

»Genau so ist es«, sagte sein Vater.

»Alles weg«, bestätigte seine Mutter. »Schmuck, Geld, Auto.«

»Vielleicht hätte Martin dem obergemeinen Onkel das obergeheime Geheimversteck nicht verraten dürfen«, sagte das Sams.

»Willst du etwa mich dafür verantwortlich machen, dass das Geld weg ist?«, rief Martin.

»Jetzt fangt nicht auch noch an zu streiten«, sagte Martins Mutter. »Alles ist so schon schlimm genug.«

»Ich hatte ja immer eine Wut auf diesen Onkel. Weil er sich hier so breitgemacht und mir mein Zimmer weggenommen hat«, sagte Martin. »Aber dass er so gemein ist, das hätte ich wirklich nicht gedacht.«

»Keiner hätte das gedacht«, sagte Herr Taschenbier.

»Ich mochte ihn nie besonders gern, diesen glatzköpfigen Herrn«, sagte das Sams. »Doch dass er ein Schuft ist, ein so gemeiner, das wusste vorher wirklich keiner.«
»So, und nun wird die Polizei benachrichtigt!« Frau Taschenbier griff entschlossen zum Telefon. Zu ihrem Mann gewandt, sagte sie: »Zieh mal lieber wieder deine Schuhe an. Du solltest die Polizei nicht auf Strümpfen empfangen.«
»Ja, gleich. Sie wird ja nicht sofort kommen«, antwortete Herr Taschenbier, der keine große Lust hatte, die Schuhe aus dem Schrank zu holen.
»Halt! Ruf noch nicht an!«, sagte Martin zu seiner Mutter. »Du warst so aufgeregt, dass du vorhin gar nicht richtig zugehört hast. Deshalb sage ich es noch mal: Das Sams hat wieder Wunschpunkte!«
»Einmalige, wirkungsvolle, wahrlich wundervolle Wunschpunkte«, bestätigte das Sams.
»Und mit diesen wirkungsvollen Wunschpunkten können wir das Geld einfach zurückwünschen«, sagte Martin.
Herr Taschenbier beugte sich vor und betrachtete aufmerksam das Sams-Gesicht. »Wirklich? Ich sehe da keine Punkte«, sagte er dann.
»Die kannst du auch nicht sehen«, sagte Martin. »Sie sind nämlich auf dem Sams-Bauch.«

»Stimmt das? Zeig doch mal!«, forderte Frau Taschenbier das Sams auf.
»Meinen Bauch zeig ich niemals nicht her!«, sagte das Sams.
»Wie sollen wir dann wissen, ob es wahr ist, was Martin behauptet?«, fragte Herr Taschenbier.
Das Sams sagte: »Warum probierst du die Bauch-Wunschpunkte nicht einfach aus?

Ein kleiner Test wär angesagt,
bevor man lang nach Punkten fragt.
Wär es nicht am allerbesten,
die Punkte erst einmal zu testen?«

»Einverstanden!«, sagte Herr Taschenbier. »Ich wünsche, dass ich wieder in meinen Schuhen stehe.«
Im selben Moment war Herr Taschenbier verschwunden.
»Wo, um Himmels willen, ist jetzt Bruno?«, fragte Frau Taschenbier.
Plötzlich war ein heftiges Klopfen zu hören und die dumpfe Stimme von Herrn Taschenbier: »Macht mir bitte auf!«
»Er scheint draußen vor der Tür zu stehen«, sagte Frau Taschenbier. »Wie ist er da hinausgekommen?«
Das Klopfen wurde lauter.

»Macht doch mal auf! Lasst mich raus!«, rief Herr Taschenbier.
»Raus? Ich denke, er will rein!«, sagte Frau Taschenbier. »Martin, geh bitte hin und mach ihm auf!«
Martin rannte zur Haustür, öffnete und blickte hinaus.
»Da ist er nicht«, rief er. Gleich darauf hörte man ihn lachen. »Papa steckt im Flurschrank!«, rief er seiner Mutter zu.
Martin schloss die Schranktür auf, und Herr Taschenbier kam zum Vorschein.
»Ich habe wieder mal ungenau gewünscht«, sagte er mit einem entschuldigenden Lächeln. »Ich wollte in

meinen Schuhen stehen, und die standen im Schrank. Immerhin habe ich jetzt die Schuhe an und weiß, dass wir wieder wünschen können.«

Herr Taschenbier kam mit Martin ins Wohnzimmer zurück. »Du meinst also, dass wir das Geld zurückwünschen sollten«, sagte er zu seinem Sohn. »Ich finde, das sollten wir nicht. Zumindest nicht das Geld allein.«

»Du meinst, auch den Schmuck?«, sagte seine Frau.

»Und das Auto«, sagte Martin.

»Nein, wir sollten Onkel Alwin zurückwünschen«, sagte Herr Taschenbier. »Ich habe inzwischen so eine Wut auf diesen Verbrecher. Ich will nicht nur unser Geld, ich will *ihn*. Er soll nicht einfach davonkommen. Ich möchte ihn persönlich der Polizei übergeben.«

Dem Sams schien diese Idee besonders gut zu gefallen. Es fing gleich an zu singen:

»Die Polizei
kommt herbei,
nimmt ihn mit,
und wir sind quitt.
Die Polizei
kommt herbei,
sperrt ihn ein,
das ist fein!«

Frau Taschenbier war weniger begeistert. »Dein Onkel Alwin ist ein großer und, wie ich glaube, auch ziemlich starker Mann. Wir wissen ja von ihm selbst, dass er als Goldgräber gearbeitet hat. Der lässt sich nicht einfach so überwältigen und festhalten, wenn wir ihn hierher gewünscht haben. Er wird vielleicht sogar gewalttätig. Inzwischen traue ich ihm alles zu.«

Herr Taschenbier wurde nachdenklich. »Wir sind immerhin zu dritt«, sagte er.

»Zu viert!«, verbesserte ihn das Sams.

»Es wäre allerdings besser, wir wären zu fünft«, überlegte Herr Taschenbier weiter. »Ich werde meinen Freund Mon bitten, uns zu helfen.«

Schon hatte er den Telefonhörer genommen und wählte.

Eine weibliche Stimme meldete sich: »Hallo?«

»Hallo, Frau Rotkohl ... äh ... entschuldige, Frau Mon, ich wollte sagen: Annemarie«, rief er ins Telefon. »Wenn ich aufgeregt bin, passieren mir solche Ausrutscher, da falle ich dann in alte Gewohnheiten zurück. Hier ist Bruno. Ich wollte deinen Mann sprechen. Ist er zu Hause?«

»Wenn ich da bin, ist er meistens auch da. Er geht selten ohne mich aus«, sagte Frau Mon. »Ich weiß allerdings nicht, ob ich ihn stören kann. Er schaut sich gerade eine Tiersendung im Fernsehen an.«

»Es ist aber ganz wichtig«, sagte Herr Taschenbier.
Es dauerte eine kleine Weile. Im Hintergrund hörte man den Fernsehsprecher sagen: »Und manche dieser Papageien haben einen Wortschatz von mehr als sechzig Wörtern und Sätzen.«
Dann kam Herr Mon ans Telefon. »Hallo, Bruno«, sagte er. »Ist eine Fernsehsendung wichtiger als ein alter Freund? Nein, ist sie nicht, auch wenn es um Papageien geht. Ich freue mich, mal wieder was von dir zu hören. Annemarie sagt, es ist wichtig?«
»Ja. Kannst du gleich zu mir kommen? Ich brauche dich nämlich«, sagte Herr Taschenbier.
»Ich hoffe, ich muss nicht wieder durchs Fenster von Herrn Daume steigen wie das letzte Mal, als du mich gebraucht hast«, sagte Herr Mon.
»Nein, aber es ist ähnlich gefährlich«, sagte Herr Taschenbier. »Du musst mit mir meinen Onkel festhalten, bis die Polizei da ist.«
Herr Mon wunderte sich. »Wusste ich, dass du einen so gefährlichen Onkel hast? Nein, das wusste ich nicht. Gut, ich komme.«
Herr Taschenbier legte den Hörer auf. »Anton Mon ist ein echter Freund. Einer, auf den ich mich verlassen kann«, sagte er. »Jetzt müssen wir nur noch warten, bis er hier ist. Dann kann es losgehen.«
»Papa, wie war eigentlich dein Großvater?«, fragte

Martin, als nun alle wartend um den Wohnzimmertisch saßen.
»Warum fragst du?«, wollte Herr Taschenbier wissen.
»Ich frage mich, weshalb Onkel Alwin damals nach Australien ausgewandert ist«, sagte Martin. »War er früher schon so böse? Hat ihn sein Vater vielleicht verstoßen?«
»Nein, es war anders«, erzählte Herr Taschenbier. »Mein Großvater war ziemlich streng. Er hatte zwei Söhne. Meinen Vater und Onkel Alwin. Mein Vater war der brave Sohn. Er hat immer versucht, es seinem Vater recht zu machen. Sein Bruder, also Onkel Alwin, galt als der unartige Sohn. Er hatte einen starken Willen und hat es gewagt, seinem Vater zu widersprechen. Besonders dann, wenn der ungerecht war. Irgendwann hatte Alwin dann die Nase voll und ist einfach von zu Hause weg, ist ausgewandert. So hat man es mir jedenfalls erzählt. Ich war ja damals noch ein kleines Kind.«
»Du fährst also mehr deinem Vater nach und nicht deinem Onkel«, stellte Martin fest.
»Stimmt kein bisschen«, sagte das Sams. »Papa Taschenbier fährt ihm überhaupt niemals nicht nach.«
»Ich finde, ein bisschen fährt er seinem Vater schon nach«, sagte Frau Taschenbier.
»Papa Taschenbier kann ihm gar nicht nachfahren,

weil er ja kein Auto mehr hat«, sagte das Sams. »Außerdem müsste der Vater ja erst einmal vorausfahren, wenn Papa Taschenbier ihm nachfahren soll. Wenn die Vorfahren nicht vorfahren, kann man ihnen auch nicht nachfahren. Denn die Gefahren beim Nachfahren ...«

Weiter kam das Sams nicht, denn es klingelte an der Haustür.

»Das ist Anton!«, rief Herr Taschenbier und rannte zur Haustür, um ihm aufzumachen.

Wenig später stand Herr Mon im Wohnzimmer der Familie Taschenbier und bekam die ganze Geschichte erzählt. Von Onkel Alwin, der unvermutet aus Australien kam, dem das mitgebrachte Känguru entwischt war, der sich leider als gemeiner Dieb entpuppt und die eigene Familie bestohlen hatte und nun mit Taschenbiers Auto abgehauen war.

»Und ihr behauptet, das Sams hat wieder neue Wunschpunkte?«, fragte Herr Mon und blickte so aufmerksam ins Sams-Gesicht wie vorher Herr Taschenbier. »Stimmt das?«

»Sie sind auf meinem Bauch«, erklärte das Sams ihm. »Und sie sind wundervoll wirkungsvoll. Papa Taschenbier hat sie vorhin im Schrank getestet.«

Herr Mon fragte: »Und ihr wollt also diesen Onkel – wie heißt er?«

»Alwin!«, antworteten Frau Taschenbier, Herr Taschenbier, Martin und das Sams wie aus einem Mund.

»Und ihr wollt also diesen Alwin herwünschen?«

»Ja, das wollen wir«, sagte das Sams.

»Und dazu braucht ihr mich?«, fragte Herr Mon weiter.

»Ja. Onkel Alwin ist sehr groß und ziemlich stark. Wir müssen ihn gemeinsam überwältigen«, sagte Herr Taschenbier.

»Wie stellst du dir das vor?«, fragte Herr Mon. »Sollen wir ihn gemeinsam festhalten, bis die Polizei kommt? Habt ihr die überhaupt schon benachrichtigt? Das kann ja eine halbe Stunde dauern, bis die hier eingetroffen ist. Ja, das kann es.«

»Ich werde doch nicht die Polizei anrufen und sagen: ›Kommen Sie bitte, um einen Dieb festzunehmen, der demnächst hier bei uns erscheinen wird‹. Die würden doch denken, ich wäre nicht ganz bei Trost«, sagte Herr Taschenbier. »Nein, wir müssen ihn irgendwie fesseln oder anders an der Flucht hindern. Weißt du, ich möchte ihm Auge in Auge gegenübertreten und ihn zur Rede stellen. Ich will ihn fragen, ob er nicht die geringsten Gewissenbisse hat, wenn er seinen engsten Verwandten bestiehlt.«

»Hm.« Herr Mon dachte nach. »Wie wäre es, wenn wir ihn irgendwie einwickeln? Irgendetwas um ihn schlingen, bevor er überhaupt begriffen hat, wo er ist und wie er hierhergekommen ist. Wäre das eine gute Idee? Ja, das wäre es.«

»Ich könnte die große Wolldecke aus dem Schlafzimmerschrank holen und sie ihm über den Kopf werfen«, schlug Frau Taschenbier vor.

»Nein, das wirst du nicht«, sagte Herr Mon. »Wolldeckenwerfen ist Männersache. Was gibt es noch, um deinen Onkel zu fesseln?«

»Die Hängematte«, sagte Martin.

»Sehr gut. Ausgezeichnet!«, rief Herr Taschenbier. »Die schlingst du um die Decke, wenn er daruntersteckt. Und ich wickle schnell das Wäscheseil um ihn herum. Das müsste klappen!«

»Gehen wir an die Arbeit? Ja, das tun wir«, sagte Herr Mon.

Hergewünscht!

Nun standen alle erwartungsvoll im Wohnzimmer von Familie Taschenbier.
Herr Mon hatte die große Wolldecke in den Händen, Herr Taschenbier das Wäscheseil, Martin die Hängematte. Frau Taschenbier und das Sams waren unbewaffnet, aber voller Tatendrang.
»Ich werde also wünschen ...«, begann Martin.
Das hatte zur Folge, dass alle schnell durcheinanderriefen: »Halt! Nein! Vorsicht! Nicht aus Versehen wünschen!«
»Ich habe ja nicht gesagt: ›Ich wünsche‹, sondern: ›Ich werde wünschen‹«, verteidigte sich Martin.
»Egal. Der Wunsch hätte gegolten«, sagte das Sams. »Lass lieber Papa Taschenbier wünschen, der hat mehr Erfahrung. Er ist bestimmt vorsichtiger.«
»Papa Taschenbier?«, wiederholte Martin. »Ich denke, nur ich darf mit deinen Punkten wünschen?«
Das Sams schüttelte den Kopf: »Sams-Regel Nummer elf-und-zwanzig:

Mit meinen blauen Punkten hier
klappt jeder Wunsch von Taschenbier.

Versteht ihr: Mit den Wunschpunkten darf jeder wünschen, der Taschenbier heißt. Sonst hätte Martin ja auch damals im Schullandheim nicht damit wünschen können.«

»Das ist interessant. Schließlich heiße ich ja auch Taschenbier, seitdem ich Bruno geheiratet habe«, sagte Martins Mutter. »Dann darf ich also mit deinen Punkten wünschen?«

Das Sams sang die Antwort, und zwar durchdringend laut:

»Meine Punkte sind wirkungsvoll,
meine Punkte sind wirklich toll,
meine Punkte sind wunderbar blau
und wirken genauso bei Taschenbiers Frau.«

Herr Mon wurde langsam ungeduldig. »Wollen wir jetzt eine Singstunde veranstalten? Nein, das wollen wir nicht. Wir sind schließlich nicht im Gesangverein. Wer wünscht nun endlich diesen Onkel her?«, fragte er.

»Ich werde am besten wünschen, dass ...«, fing Herr Taschenbier an, was zur Folge hatte, dass alle wieder

riefen: »Halt! Nein! Vorsicht! Nicht auch aus Versehen wünschen!«

»Ich mache einen Vorschlag«, sagte Herr Mon. »Ich darf das Wort ›wünschen‹ ja aussprechen. Ihr sagt einfach ›planschen‹, wenn ihr ›wünschen‹ meint, dann kann nichts passieren.«

»Sehr gute Idee!« Herr Taschenbier klopfte seinem Freund anerkennend auf die Schulter. »Ich werde also planschen, dass Onkel Alwin hier in diesem Zimmer steht. Und dann müssen wir ganz schnell sein. Mon, du wirfst ihm die Decke über den Kopf, Martin, du schlingst die Hängematte um ihn und ich das Wäscheseil, bevor er sich wehrt ...«

»... oder die Flucht ergreift«, ergänzte Frau Taschenbier.

»Vielleicht sollte doch lieber Martin wünschen«, sagte das Sams. »Vielleicht wünscht der genauer.«

»Genauer? Was meinst du damit?«, fragte Herr Taschenbier.

»Du hast ungenau geplanscht, Papa Taschenbier. Was heißt hier: ›im Zimmer‹? Da könnte er zum Beispiel dort auf dem Schrank stehen oder

auf dem Tisch. Das ist alles ›im Zimmer‹. Du musst genauer wünschen!«

»Genauer wünschen, ähh – planschen. Du hast recht«, gab Herr Taschenbier zu.

»Am besten, wir planschen, dass Onkel Alwin hier auf dem Teppich steht«, schlug Martin vor.

»Ich habe eine noch bessere Idee«, rief seine Mutter. »Wartet!«

Sie rannte aus dem Zimmer, kam mit einem Handtuch wieder und legte es in die Mitte des Teppichs. »Bruno soll sagen: ›Ich plansche, dass Onkel Alwin hier auf dem Handtuch steht‹«, sagte sie. »Wir stellen uns dicht um das Handtuch herum und halten alles bereit. Dann muss es einfach klappen.«

»Ist das genau genug geplanscht?«, fragte das Sams.

»Ich denke schon«, sagte Martin.

»Das denke ich auch«, sagte sein Vater. »Ich kenne mich mit dem Planschen, also mit dem Wünschen nicht so gut aus wie ihr. Aber mir scheint, dass es so richtig ist. Ja, das ist es«, sagte Herr Mon.

»Und was ist mit dem Geld, das er geklaut hat? Und mit dem Schmuck von Mama Taschenbier?«, fragte das Sams.
»Ach so, ja.« Herr Taschenbier nickte. »Das müssen wir natürlich gleich mit herplanschen. Ich bin davon ausgegangen, dass er die Beute bei sich hat.«
»Vielleicht hat er die Sachen schon irgendwo versteckt«, sagte Herr Mon. »Besser, ihr wünscht alles in einer Aktion her. Onkel, Geld und Schmuck.«
»Und das Auto?«, fragte Martin.
»Ich habe schon mal ein Auto in mein Zimmer geplanscht«, sagte Herr Taschenbier lachend. »So was sollte man möglichst vermeiden.«
»Ehrlich? Ins Zimmer? Davon weiß ich ja gar nichts«, rief Martin.
»Ja. Mitten ins Zimmer«, bestätigte das Sams.
»Das war ja auch ganz früher, als das Sams zum ersten Mal zu mir kam. Damals warst du noch gar nicht geboren«, sagte Herr Taschenbier.
»Damals hat dein Vater auch mich noch nicht gekannt«, sagte Martins Mutter.
Herr Mon wurde immer ungeduldiger. »Wollen wir jetzt alte Familiengeschichten auskramen? Nein, das wollen wir nicht. Wir wollen diesen Onkel herwünschen«, rief er. »Ich habe langsam keine Lust mehr, hier herumzustehen und eine Decke hochzuhalten.«

»Entschuldige, Mon. Gleich wird geplanscht«, sagte Herr Taschenbier schnell. »Wir müssen nur noch klären, wie wir das mit meinem Auto machen. Es sind bestimmt noch einige Wunschpunkte auf dem Sams-Bauch, oder?«
Das Sams nickte.
»Dann schlage ich vor, dass wir erst meinen Onkel herplanschen und anschließend, wenn wir ihn sicher haben, das Auto vors Haus planschen.«
»Vor das Haus?« Das Sams lachte. »Du lernst es nie, Papa Taschenbier. Dann steht das Auto im Vorgarten oder auf dem Bürgersteig oder wer weiß wo ...«
»Ich lerne es wohl nie!«, sagte Herr Taschenbier. »Ich werde also planschen, dass mein Auto in der Garage steht. Nun aber los und nicht länger gewartet!«
»Sag ich das schon die ganze Zeit? Ja, das sage ich«, murmelte Herr Mon.
»Und wer wünscht jetzt?«, fragte das Sams.
»Na, ich«, sagte Herr Taschenbier.
»Ich«, sagte auch Martin.
»Wie wäre es, wenn alle Taschenbiers gleichzeitig wünschen?«, schlug das Sams vor. »So ein dreifach ausgesprochener Wunsch müsste eine tolle Wirkung haben.«
»Gut, das machen wir«, sagte Frau Taschenbier. »Wir müssen es nur noch einmal üben, damit wir es gleich-

zeitig sagen. Also: Erst noch einmal mit ›planschen‹! Drei, vier, los!«

Gemeinsam sagten Martin, seine Mutter und sein Vater: »Ich plansche, dass Onkel Alwin hier auf diesem Handtuch steht und alles dabeihat, was er gestohlen hat.«

»Aber das Auto hat er doch auch gestohlen!«, rief das Sams.

»Dann wünscht doch, dass er alles dabeihat, mit Ausnahme des Autos«, sagte Herr Mon. »Und jetzt wünscht endlich!«

Martin, seine Mutter und sein Vater sahen sich an, nickten sich zu, holten tief Luft und sagten dreistimmig: »Ich wünsche, dass Onkel Alwin hier auf diesem Handtuch steht und dass er alles dabeihat, was er gestohlen hat, mit Ausnahme des Autos!«

Sie hatten kaum ausgesprochen, da fuhr ein starker Luftzug durchs Zimmer, ein richtiger kleiner Wirbelsturm, das Deckenlicht flackerte – und auf dem Handtuch stand ein Mann.

Da hatte Herr Mon auch schon blitzschnell die Decke über ihn geworfen und Martin das Hängematten-Netz um ihn geschlungen. Herr Taschenbier rannte einige Male um ihn herum und wickelte dabei die Wäscheleine um die verhüllte Figur, die stumm auf dem Handtuch stand.

Untenherum hatte die Decke eine merkwürdige Ausbuchtung, eine sehr, sehr dicke Beule.
Herr Taschenbier sagte: »Der Schreck hat ihm wohl die Sprache verschlagen.«
»Mäh!«, machte es da aus dem Netz- und Deckengewirr.
»Das ... das klingt wie ein Schaf!«, sagte Herr Mon.
»Mäh!«, machte es noch einmal. »Mäh! Määäh!«
»Hier blökt eindeutig ein Schaf«, rief Martin. »Warum hat er ein Schaf dabei? Er sollte die gestohlenen Sachen dabeihaben, aber doch keine Schafe!«

»Trägst du ein Schaf bei dir,
dann reist es mit, das Tier«,

reimte das Sams.

Unter der Decke hervor ertönte eine laute, ärgerliche Männerstimme: »Goddam! What happened?«

»Jetzt spricht dieser Schuft auch noch englisch!«, rief Herr Taschenbier empört.

»Will er uns vielleicht täuschen? Ja, das will er«, sagte Herr Mon.

»Seine Stimme klingt seltsam. Ganz anders als sonst«, stellte Frau Taschenbier fest.

»Irgendetwas ist merkwürdig«, sagte Herr Taschenbier.

»Ja. Habt ihr auch gesehen, was ich gesehen habe?«, fragte Martin. »Es ging zwar alles ganz schnell. Trotzdem war Onkel Alwin irgendwie verändert.«

»Mir kam er auch verändert vor«, sagte Frau Taschenbier. »Vielleicht ist das gar nicht Onkel Alwin, der da unter der Decke steckt.«

»Nein, nein. Diesmal haben wir genau gewünscht«, widersprach Herr Taschenbier. »Wir haben alle drei ›Onkel Alwin‹ gesagt.«

»Wir können ja mal vorsichtig nachsehen. Ja, das können wir!«, sagte Herr Mon. »Wir wickeln ihn ein bisschen aus, lassen ihn aber noch gefesselt.«

Martin lockerte das Netz, Herr Mon schlug die Decke auseinander.
Das hatte zur Folge, dass ein Schaf mit einem Satz ins Wohnzimmer sprang und sich unter dem Tisch versteckte.

»Dieses Schaf war gut versteckt,
trotzdem wurde es entdeckt!«,

sang das Sams.
Die Taschenbiers und Herr Mon beachteten weder das Sams noch das Schaf, denn hinter der Decke kam der Kopf eines ihnen nicht bekannten Mannes zum Vorschein. Der Unbekannte blickte völlig verblüfft um sich, schüttelte den Kopf und sagte: »Who are these strange people?«
Er schien völlig verwirrt zu sein.
»Wer sind Sie?«, fragte Frau Taschenbier.
Herr Taschenbier sagte schnell: »Entschuldigen Sie, hier liegt eine Verwechslung vor«, löste die Wäscheleine und befreite den Mann.
»Wer sind Sie?«, fragte Frau Taschenbier noch einmal.
Der Mann war immer noch verwirrt, blickte sich im Zimmer um und schüttelte den Kopf.
»Verstehen Sie Deutsch?«, fragte Martin. »Do you understand, was wir sagen?«

Langsam schien der Mann seine Fassung zu gewinnen. »Ich habe zwar schon lange kein Deutsch mehr gesprochen, kann es aber noch ganz gut«, sagte er. »Wer sind Sie? Wieso bin ich hier? Sie sprechen deutsch. Bin ich in Deutschland?«

»In Deutschland? Ja, das sind Sie. Wo denn sonst?«, sagte Herr Mon.

»Vor fünf Minuten stand ich zu Hause im Stall und wollte gerade das Schaf scheren. Ich kann es immer noch nicht fassen. Was ist passiert?«, sagte der Unbekannte. »Da ist ja auch das Schaf!« Er zeigte auf das Tier unter dem Tisch.

»Wo ist denn Ihr Zuhause?«, fragte Herr Taschenbier vorsichtig.

»Meine Farm liegt ein bisschen außerhalb. In der Nähe von Horsham«, sagte der Mann. Als er die fragenden Blicke sah, fügte er hinzu: »Südaustralien.«

»Australien?«, rief Herr Taschenbier. »Bitte, sagen uns, wer Sie sind. Ich meine, wie Sie heißen.«

»Mein Name ist Alwin Taschenbier«, sagte der Mann. »Ist das wichtig? Erklären Sie mir lieber, wie ich hierherkomme. Was soll das Ganze? Weshalb hatten Sie mich gefesselt?«

»Alwin Taschenbier?«, riefen Herr Taschenbier, Frau Taschenbier und Martin fast gleichzeitig. »Sie sind Onkel Alwin?«

»Onkel? Wieso Onkel?«, fragte der Mann.

»Darf ich dich umarmen?«, sagte Herr Taschenbier. »Ich bin nämlich Bruno Taschenbier. Du hast mich zuletzt gesehen, als ich noch ein Kind war. Du bist mein Onkel.«

»Bruno?«, fragte der Mann. »Stimmt das? Ich remembere dich noch gut. Ich will sagen: Ich erinnere dich. Du hast mir ja auch ab und zu geschrieben. Ich habe deine Briefe immer allen vorgelesen. Aber sag mir erst mal, wie ich hierhergekommen bin.«

»Dann muss ich dir wohl erst einmal erzählen, dass wir ein Sams haben ...«, fing Herr Taschenbier an.

Onkel Alwin unterbrach ihn. »Ein Sams?«, fragte er. »Was ist das?«

»Das bin ich, ich bin das«, sagte das Sams stolz. »Mein Bauch ist nämlich himmelblau gepunktet. Das sind tolle, wirkungsvolle Wunschpunkte. Damit wünscht mein Papa gerne, wünscht Onkels her aus weiter Ferne.«

»Wie bitte? Ich wurde hierher gewünscht? Das ist ja erstaunlich. So was gibt es bei uns in Australien noch nicht«, sagte Onkel Alwin. »Aber was hattet ihr mit mir vor? Ich meine: Weshalb hast du mich so plötzlich hergewünscht? Du hättest mir ja erst mal einen Brief schreiben können. ›Lieber Onkel Alwin, staune nicht, wenn du demnächst plötzlich bei uns im Zimmer stehst, ich kann dich nämlich zu uns wünschen und möchte dich endlich mal wiedersehen.‹ Oder so ähnlich. Dann hätte ich mich besser vorbereiten und meinen guten Anzug anziehen können und stünde hier nicht in meinen Arbeits... äh ... trousers. Wie sagt man auf Deutsch?«

»In meinen arg abgenutzten Arbeitsklamotten«, übersetzte das Sams.

»Wir wollten dich ja gar nicht herwünschen«, versuchte Herr Taschenbier ihm zu erklären. »Verstehst du? Wir wollten nicht *dich* herwünschen.«

»Wen denn dann?«, fragte Onkel Alwin.

»Einen Dieb und Betrüger«, sagte Frau Taschenbier.

»Ach, deshalb kriegte ich eine Decke über den Kopf und die Stricke um den Bauch«, sagte Onkel Alwin.

Martin sprach endlich aus, was alle sich fragten: »Aber wer ist dann dieser andere Onkel Alwin, der bei uns war und uns beklaut hat?«

»Ihr wurdet beklaut?«, fragte Onkel Alwin.

»Ja, das wurden sie«, bestätigte Herr Mon.
»Jetzt steh bitte nicht länger hier auf dem Handtuch herum, lieber Onkel. Setz dich mal gleich da aufs Sofa«, sagte Herr Taschenbier. »Und trink einen guten Cognac auf den Schreck. Wir erzählen dir dann alles.«
Er nickte seiner Frau zu. Die holte eine Cognacflasche und ein Gläschen aus dem Schrank, schenkte ein und stellte das Gläschen vor Onkel Alwin auf den Tisch.
Das Schaf legte seinen Kopf auf Onkel Alwins Knie. Er streichelte ihm übers Fell und sagte: »Du bist wahrscheinlich genauso erschrocken wie ich!« Dann trank er das Gläschen aus.
Herr Mon flüsterte Frau Taschenbier zu: »Würde es mich freuen, wenn man mir auch so ein Gläschen von diesem guten Cognac anbietet? Ja, das würde es.«
Frau Taschenbier lächelte und stellte ein zweites Gläschen auf den Tisch. Herr Mon setzte sich zu Onkel Alwin aufs Sofa, Herr und Frau Taschenbier nahmen auf den Stühlen Platz, Martin setzte sich auf einen Hocker, und das Sams quetschte sich zwischen Onkel Alwin und Herrn Mon.
Dann erzählten sie ein zweites Mal an diesem Abend die Geschichte. Vom angeblichen Onkel Alwin, der behauptete, aus Australien zu kommen, vom Känguru, das plötzlich verschwunden war, vom fehlenden Geld, vom gestohlenen Schmuck und vom Autodiebstahl.

Onkel Alwin hörte sich alles aufmerksam an.
»Wie sah er denn aus, dieser falsche Onkel?«, fragte er dann. »Mir kommt da nämlich ein Verdacht.«
»Er hatte nur noch wenig Haare auf dem Kopf«, fing Martin mit der Beschreibung an.
»Nur vorne, über der Stirn, war ein Büschel stehen geblieben«, sagte Frau Taschenbier.
»Unter der Nase hatte er einen Bart«, ergänzte das Sams.
»Hatte er einen Goldzahn?«, fragte Onkel Alwin ahnungsvoll.
»Ja, hatte er«, sagte Martin.
»Vorne links?«, fragte Onkel Alwin.
Alle drei Taschenbiers nickten.
»Das war Maxi! Nicht zu fassen! Maxi! Dieser Schuft, dieser Gauner, dieser Betrüger!«, rief Onkel Alwin.
»Du kennst ihn?«, fragte sein Neffe.
»Er war Arbeiter auf meiner Farm«, sagte Onkel Alwin. »Er hat mich um mehr als tausend Dollar betrogen.«
»Der falsche Onkel hat also im Grunde immer von sich selbst gesprochen, wenn er von diesem Maxi sprach«, sagte Frau Taschenbier.
»Was war ich doch für ein Dummkopf!«, sagte Herr Taschenbier. »Ich kann es kaum glauben, dass ich diesen Widerling wirklich für meinen Onkel gehalten habe.«

Noch eine Geschichte von Onkel Alwin

Die Taschenbiers, Herr Mon und das Sams hatten inzwischen mit Onkel Alwin zu Abend gegessen. Herr Taschenbier hatte Onkel Alwin nach seiner Lieblingsspeise gefragt. Bratkartoffeln mit Rühreiern. Das mochten auch die anderen. Deshalb hatte Herr Taschenbier einen Wunschpunkt verwendet, um auf alle Teller Bratkartoffeln mit Rührei und einem kleinen Gürkchen zu zaubern.

Das Schaf lag unter dem Esstisch. Martin hatte ihm eine Schüssel voll Wasser hingestellt, aus der das Tier gierig trank.

Als alle satt und die leeren Teller weggeräumt waren, sagte Herr Taschenbier: »So, Onkel Alwin. Jetzt musst du uns aber erzählen, wie dieser Maxi *dich* begaunert hat. Wie er uns betrogen hat, weißt du ja schon.«

»Darf ich erst noch ein Glas Wasser haben?«, fragte Onkel Alwin. »Die Sache regt mich immer so auf.«

Frau Taschenbier goss ihm ein, Herr Mon hielt sein leeres Glas daneben und bekam es auch vollgeschenkt.

»Vor einem Jahr habe ich diesen Maxi eingestellt. Ich suchte einen Arbeiter für meine Farm. Ich bin Schafzüchter, wie ihr vielleicht wisst ...«

Die Taschenbiers schüttelten den Kopf.

»Na, dann wisst ihr es jetzt. Die Nachrichten zwischen euch und mir flossen ein wenig spärlich, das müsst ihr auch zugeben.«

Herr Taschenbier nickte schuldbewusst. »Ja, wir hätten uns ruhig ein bisschen öfter schreiben sollen.«

»Als sich dieser Maxi bei mir beworben hat, stellte sich heraus, dass er Deutscher war. Ich hielt das für eine gute Gelegenheit, meine Muttersprache wieder ein bisschen aufzufrischen. Deshalb nahm ich ihn.

Er war nicht gerade der Fleißigste, wie ich zugeben muss. Aber er fiel nie unangenehm auf. Seine Arbeit machte er auch ganz ordentlich. Ich hatte volles Vertrauen zu ihm, bis ich aus Brisbane zurückkam.«

»Brisbane?«, fragte Herr Taschenbier.

»Das ist die Hauptstadt von Queensland im Norden Australiens«, sagte Martin.

Seine Eltern warfen ihm einen anerkennenden Blick zu.

»Ist es erstaunlich, was die Kinder heutzutage in der Schule alles lernen?«, fragte Herr Mon.

»Ja, das ist es«, sagte das Sams, ehe Herr Mon seinen Satz beenden konnte.

»Martin hat recht. Im Nordosten«, bestätigte Onkel Alwin. »Meine Farm liegt aber im Süden. Deshalb musste ich erst mal ins Flugzeug steigen, um nach Brisbane zu kommen. Ich sagte Maxi, dass er auf die Farm aufpassen und die Schafe gut versorgen soll während der acht Tage, die ich weg war.«

»Hattest du in Brisbane etwas Geschäftliches zu tun?«, fragte Frau Taschenbier.

»Eher etwas Privates«, sagte Onkel Alwin. »Ich kann es euch ja verraten, auch wenn es mir ein bisschen peinlich ist. Ich wollte auf meine alten Tage noch mal heiraten. Mit anderen Worten: Ich suchte eine Ehefrau. Deswegen studierte ich alle Anzeigen im Internet und fand die Adresse einer Frau aus Brisbane. Die suchte einen Ehemann. Na ja, wir schrieben uns erst, und dann machte ich mich auf, um sie persönlich kennenzulernen.«

»Und?«, fragte Frau Taschenbier. »Fandest du sie nett?«

»Sehr nett.« Onkel Alwin seufzte. »Trotzdem hat es nicht geklappt mit uns. Sie sagte, ich sei zu alt für sie. Das war aber bestimmt nur eine Ausrede, denn sie war gerade mal 32 Jahre jünger als ich. Ich denke, in Wirklichkeit wollte sie nur nicht auf einer Farm mitarbeiten.«

»Wie ging es dann weiter?«, fragte Frau Taschenbier,

und Herr Taschenbier sagte: »Was hat das alles mit diesem Maxi zu tun?«
»Das werdet ihr gleich hören. Ich war natürlich enttäuscht, als ich zurückflog. Mehr als enttäuscht aber war ich, als ich bei meiner Farm ankam. Geradezu entsetzt! Kein einziges Schaf war mehr da. Stellt euch vor: Alle Schafe waren weg! Und Maxi auch.«

»Ohne Schafe ist die Farm
ziemlich leer und ziemlich arm«,

seufzte das Sams.
»Das kann man wohl sagen! Stellt euch vor: Dieser Maxi hatte einen Händler angerufen und ihm erzählt, er solle in meinem Auftrag alle Schafe verkaufen. Ich wolle nämlich nach Brisbane umziehen und dort heiraten. Ich wäre schon vorausgeflogen. Der Händler hat alle meine Schafe auf vier große Lastwagen verladen. Bis auf ein einziges, das haben sie übersehen, oder es hatte sich irgendwo versteckt. Nach drei Wochen stand es plötzlich in meinem Living Room, also in meinem Wohnzimmer. Ihr kennt es ja inzwischen.«
»Das Wohnzimmer?«, fragte das Sams.
»Nein, das Schaf.« Onkel Alwin tätschelte das Tier. »Als ihr mich von meinem Zuhause weggewünscht habt, war ich gerade dabei, das Schaf zu scheren. Obwohl

man das besser im Januar macht, damit es nicht so schwitzt, und nicht im frühen Herbst.«
»Im Herbst? So lange ist das schon her?«, fragte Herr Mon.
»In Australien haben wir jetzt Herbst«, erklärte Onkel Alwin ihm. »Im Januar ist bei uns Hochsommer.«
»Weil Australien doch auf der Südhalbkugel liegt«, sagte Martin.
Diesmal wurde er aber nicht für seine Geografie-Kenntnisse gelobt. Sein Vater sagte: »Jetzt lenkt doch nicht noch mehr von Onkel Alwins Geschichte ab. Wie ging es weiter mit diesem Gauner?«
»Maxi hat sich die Schafe bar bezahlen lassen, hat sich in mein Auto gesetzt und ist mit dem Geld abgehauen. Das Auto hat er dann vor dem Flughafen abgestellt. Ich habe es wiedergefunden, weil ich einen saftigen Strafzettel bekam. Mein Auto stand nämlich drei Tage dort im Halteverbot, bevor es abgeschleppt wurde.«
»Hast du denn die Polizei benachrichtigt?«, fragte Herr Taschenbier.
»Natürlich. Die haben rausbekommen, dass er nach Deutschland geflogen ist. Da verliert sich dann seine Spur. Unsere Polizisten haben gemeint, die deutschen Kollegen hätten Wichtigeres zu tun, als nach einem australischen Schafdieb zu fahnden.«

»Verstehe ich, warum dieser falsche Onkel dann zu meinem Freund Taschenbier gekommen ist? Nein, das verstehe ich nicht«, sagte Herr Mon.
»Ich kann es mir denken«, sagte Onkel Alwin. »Vor einem halben Jahr hat mir Bruno eine Weihnachtskarte geschickt. Ich habe sie Maxi gezeigt und – ich muss es gestehen – ein bisschen mit meinem Neffen angegeben.«
»Wie denn?«, fragte Martin.
Onkel Alwin wurde tatsächlich ein bisschen rot. »Ich habe Maxi erzählt, dass mein Neffe in Deutschland lebt und dass er ziemlich wohlhabend ist. Ich habe behauptet, Bruno sei der Direktor einer Schirmfabrik.«
»Dabei arbeitet Papa dort nur im Büro«, sagte Martin.
»Was heißt ›nur‹?«, sagte seine Mutter. »Bruno hat da einen ganz verantwortungsvollen Posten. Und das bereits seit fünfzehn Jahren.«
»Ich kann mir schon denken, wie es dann weiterging«, sagte Herr Taschenbier. »Als er kein Geld mehr hatte, erinnerte er sich an den wohlhabenden Neffen Bruno und hat sich als mein Onkel Alwin bei uns eingenistet.«
»Wenn er keine Känguru-Farm hat: Wo hatte er dann das Känguru her?«, fragte Martin.
»Ja, weshalb hat er Wallaby überhaupt mitgebracht?«, fragte Frau Taschenbier.

»Wo er das Känguru herhat, weiß ich auch nicht«, sagte Onkel Alwin. »Aber ich kann mir vorstellen, weshalb er eines dabeihatte. Wenn ein unbekannter Mann vor der Tür steht und behauptet, er sei ein Verwandter aus Australien, glaubt man ihm vielleicht nicht. Hat er aber ein Känguru dabei, sieht jeder ein, dass der Mann aus Australien kommen muss.«
Mit einem entschuldigenden Blick zu seiner Frau sagte Herr Taschenbier: »Ich ärgere mich im Nachhinein, dass ich ihn nicht gleich wieder rausgeworfen habe.«
»Und was machen wir jetzt mit dem falschen Onkel?«, fragte das Sams.
»Ja, was machen wir mit ihm?«, fragte Onkel Alwin. »Wenn es stimmt, was mir das Sams hier erzählt hat, könnt ihr ja nicht nur echte Onkel herwünschen, sondern auch falsche.«
»Ja, das machen wir. Aber hübsch der Reihe nach. Sonst plansche ich am Ende wieder mal ungenau«, schlug Herr Taschenbier vor. »Aufgepasst: Ich wünsche, dass mein gestohlenes Geld und der Schmuck meiner Frau hier auf diesem Tisch liegen!«
Zwei Wassergläser fielen um, als das Geld zusammen mit Tante Annas wertvoller Perlenkette, drei Silberkettchen, einigen anderen Ketten, acht Ohrringen und dem goldenen Armreif krachend auf dem Tisch landete.

»Na schön, jetzt liegt da auch die Korallenkette, die ich gerade noch umhatte«, sagte Frau Taschenbier lachend. »Und mein Ehering auch. Du hättest wünschen müssen, dass der *gestohlene* Schmuck deiner Frau da liegt.«

»Great!«, rief Onkel Alwin und vergaß vor lauter Begeisterung, deutsch zu sprechen.

Das Sams fing an, sehr laut zu lachen.

»Lachst du, weil auch Mamas Korallenkette auf dem Tisch gelandet ist?«, fragte Martin.

»Ich muss über was ganz anderes lachen«, sagte das Sams. »Ich stelle mir vor, dass dieser Maxi gerade an einer Tankstelle Papa Taschenbiers Auto vollgetankt hat und jetzt bezahlt. Und – schwups! – war das Geld aus der Hand des Tankwarts verschwunden. Einfach weg. Der wundert sich vielleicht!«

»Das Auto wird auch gleich verschwunden sein«, sagte Herr Taschenbier. »Dann wird er sich noch viel mehr wundern, der Tankwart.«

»Und der falsche Onkel erst!«, sagte Martin. »Los, Papa, plansch das Auto her!«

Herr Taschenbier nickte. »Achtung: Ich wünsche, dass mein Auto in unserer Garage steht!«

»Gut gewünscht«, lobte das Sams.

»Und?«, fragte Onkel Alwin. »Steht es jetzt tatsächlich dort?«

»Wir können ja nachschauen. Ja, das können wir«, sagte Herr Mon und ging schon zur Tür.
Die anderen folgten ihm. Gemeinsam machten sie sich auf den Weg zur Garage. Sogar das Schaf trottete hinterher.
Herr Taschenbier schob die Garagentür hoch und blieb verblüfft am Eingang stehen: Im Auto saß, korrekt angeschnallt, Maxi, der falsche Onkel Alwin.

Er schien ziemlich geschockt zu sein, saß erst nur starr da und blickte sich dann verwirrt in der halbdunklen Garage um.
Jetzt sah er Herrn Taschenbier, öffnete das Seitenfenster und sagte schnell: »Nicht, dass du denkst, ich hätte dein Auto geklaut, Bruno. Ich wollte nur mal deutsche Autos testen. Dein Wagen fährt sehr gut. Sehr schnell. Kein Vergleich zu meinem australischen Auto. Du kannst sehr zufrieden sein damit. Ich wollte es nur mal kurz ausleihen. Du siehst ja, ich habe es wiedergebracht. Ich weiß nur nicht, wie.« Er schüttelte den Kopf und sagte: »Ich weiß wirklich nicht, wie ich das Auto in die Garage gekriegt habe. Das Garagentor war doch zu. Ich ... ich bin wirklich ganz verwundert.«
»Du wirst gleich noch mehr verwundert sein, Maxi. Du Betrüger, du Gauner!«, schimpfte Onkel Alwin, der inzwischen auch den Gesuchten im Auto entdeckt hatte.
»Oh, Mister Taschenbier«, sagte Maxi verdattert. »Sie sind hier?«
»Ja, das ist er!«, sagte Herr Mon und stellte sich auf die andere Seite des Autos, damit Maxi nicht durch die Beifahrertür fliehen konnte.
»Was machen wir jetzt mit ihm?«, fragte Frau Taschenbier.
»Wir holen die Polizei«, schlug Martin vor.
Das Sams schrie begeistert los:

»Polizwei, kommt herbei!
Kommt und schaut:
Er hat geklaut.
Ihr solltet ihn deswegen
gleich in Ketten legen!«

»Ketten! Das sind Polizisten und keine Ritter«, sagte Martin. »Die werden ihm höchstens Handschellen anlegen. Außerdem heißt es nicht ›Polizwei‹, sondern ›Polizei‹.«

»Es sind aber meistens zwei, die kommen«, sagte das Sams.

Herr Taschenbier sagte: »Jetzt hör schon auf mit deiner Polizwei ...«

»Das ist gar nicht meine«, sagte das Sams.

»Bruno, musst du wirklich wegen einer solchen Kleinigkeit die Polizei rufen?«, fragte Maxi. »Was willst du ihr denn sagen? Autodiebstahl? Die werden sagen: Aber Ihr Auto steht doch in der Garage! Mach dich nicht lächerlich!«

Herr Taschenbier ließ sich nicht beirren. Er fragte: »Onkel Alwin, bei welcher Polizei hast du diesen Maxi angezeigt, als er deine Schafe verkauft hatte?«

»In Horsham«, sagte Onkel Alwin. »Warum willst du das wissen?«

»Das wirst du gleich sehen«, sagte Herr Taschenbier.

»Ich wünsche, dass dieser Maxi in Horsham in der Polizeizelle sitzt.«
Als sie in das Auto blickten, war es leer. Maxi war verschwunden.
»Die werden sich vielleicht wundern, wenn sie heute ihre Zellentür aufschließen«, sagte Onkel Alwin. »Das war eine gute Idee von dir, Bruno. Bin really stolz auf meinen Neffen.«
Als alle dann wieder zusammen im Wohnzimmer saßen, sagte Onkel Alwin: »So, dann kannst du mich ja auch wieder zurückwünschen nach Australien, auf meine Farm.«
»Nein, Onkel, das kommt gar nicht infrage!«, rief Frau Taschenbier. »Du wirst wenigstens ein paar Tage unser Besuch sein!«
»Jetzt, wo du schon mal da bist, musst du auch ein wenig bleiben«, sagte Herr Taschenbier. »Wir müssen uns einfach besser kennenlernen. Du bist unser Gast!«
»Du kannst gern in meinem Bett schlafen«, sagte Martin. »Auf ein paar Tage mehr oder weniger kommt es mir wirklich nicht an.«
»Wenn ihr mich so freundlich bittet, sage ich Ja.« Onkel Alwin freute sich ganz offensichtlich. »Ich will euch aber keine Mühe machen.«
»Du machst uns bestimmt keine Mühe«, sagte Frau Taschenbier.

»Nur Kühe machen Mühe«, reimte das Sams.
»Wie kommst du auf Kühe?«, sagte Martin. »Du hast auch schon mal besser gereimt.«
»Wieso? Mühe und Kühe reimt sich doch oberbestens«, behauptete das Sams.
»Ich habe keine Kuh, die Mühe macht«, sagte Onkel Alwin. »Ich hatte nur Schafe.«
Martin lachte. »Da hörst du es! Das mit der Kuh war nicht gerade ein Geistesblitz.«
»Man kann nicht jeden Tag seinen Geist blitzen lassen«, sagte das Sams und legte sich der Länge nach auf das Sofa.
»He, mach bitte Platz! Da soll Onkel Alwin sitzen!«, rief Frau Taschenbier.
Das Sams rückte ein wenig zur Seite und sagte: »Ich muss aber auf dem Sofa sitzen.«
»Warum *musst* du?«, fragte Martin.
Das Sams grinste und sagte:

»Sobald ich auf dem Sofa sitze,
blitzen meine Geistesblitze.
Sobald ich auf dem Sofa ruh,
fliegen mir die Reime zu.
Ich muss nur auf dem Sofa sein,
schon fallen mir die Reime ein.«

Es blickte in die Runde: »War das jetzt besser gereimt?«
»Ja, das war es«, antwortete Herr Mon.
»Danke!«, sagte das Sams und verbeugte sich nach allen Seiten. »Danke für den freundlichen Beifall. Danke, danke, danke!«

Falsche Wünsche

Als Martin am Montag zur Schule kam, wurde er von Roland schon ungeduldig erwartet.
»Und? Hat es geklappt? War der Keramik-Mann tatsächlich Herr Daume? Hat dein Sams wieder Wunschpunkte?«, fragte Roland.
»Ja, es war Herr Daume, und das Sams hat wieder Punkte«, sagte Martin.
»Wirklich? Ehrlich wahr?«, fragte Roland.
»Ehrlich wahr«, bestätigte Martin. »Ich kann es dir sogar beweisen.«
»Wie denn?«, fragte Roland. »Das Sams ist doch gar nicht hier.«
Martin konnte das Lachen kaum unterdrücken. »Du hast heute einen blauen und einen roten Strumpf an«, sagte er.
»Das kann gar nicht sein«, sagte Roland, zog aber trotzdem die Hosenbeine hoch und schaute nach unten. »He, das stimmt. Ich muss heute Morgen in der Eile falsche Strümpfe erwischt haben. Woher weißt du das? Du hast doch die Strümpfe gar nicht gesehen.«

»Ich habe es vom Sams gewünscht, bevor ich aus dem Haus ging«, sagte Martin lachend.

Roland betrachtete seine verschiedenfarbigen Strümpfe und musste auch lachen. Dann wurde er aber ernst.

»Wünschst du dann morgen, dass ich Hundeohren habe oder eine Glatze? Das finde ich richtig mies, wenn du so über mich bestimmen kannst.«

»Es war wirklich nur ein Witz«, verteidigte sich Martin.

»Das finde ich aber ganz und gar nicht witzig«, sagte Roland. »Stell dir vor, *ich* könnte wünschen und du müsstest morgen im Nachthemd in die Schule kommen. Wie fändest du das? Du würdest ganz schön ausflippen.«

»Ich mach es nicht mehr. Versprochen!«, sagte Martin.

»Hast du etwa auch bei Tina oder bei Samantha herumgewünscht?«, fragte Roland.

»Bei Samantha nicht. Aber bei Tina. Ich habe gewünscht, dass sie heute ihre Haare auf der anderen Seite zum Zopf bindet«, sagte Martin. Beide mussten lachen.

»Ich gebe dir einen guten Rat«, sagte Roland. »Sag ihr lieber nicht, dass sie es getan hat, weil du es gewünscht hast. Tu so, als siehst du es nicht. Sonst kriegst du nur Ärger.«

Martin wurde ernst. »Hast ja recht!«, sagte er. »Ich

werde nie mehr etwas an dir oder Tina wünschen. Es war keine gute Idee.«
»Versprichst du das?«, sagte Roland.
»Versprochen!«, antwortete Martin und hielt Roland die Hand hin. Roland schlug ein. »Und jetzt erzähl mal: Hast du deinen Onkel schon weggewünscht?«
»Nicht weg-, sondern hergewünscht. Sogar zu dritt. Und dann war er es gar nicht«, sagte Martin.
»Jetzt verstehe ich nichts mehr«, sagte Roland.
»Das kannst du auch nicht«, sagte Martin und erzählte Roland die ganze Geschichte.
Die musste er nach der Schule allerdings noch ein zweites Mal erzählen, denn auch Tina und Samantha wollten wissen, was sich am Samstag ereignet hatte.
»Und jetzt ist also der echte Onkel bei euch?«, fragte Tina. »Und der ist ganz anders, sagst du?«
»Er ist wirklich richtig nett«, sagte Martin. »Ihr könnt ihn ja kennenlernen. Kommt einfach heute Nachmittag bei uns vorbei.«
»Heute Nachmittag habe ich aber Klavierunterricht«, sagte Tina. »Geht's nicht auch morgen? Dein Onkel bleibt bestimmt noch eine Weile bei euch.«
»Sollen Samantha und ich dann alleine kommen?«, fragte Roland zögernd.
Martin sagte: »Das wäre unfair Tina gegenüber. Machen wir aus, dass ihr morgen zu dritt kommt, ja?«

»Also bis morgen«, sagte Roland. »Wir sehen uns ja vorher in der Schule. Ist mir, ehrlich gesagt, auch lieber, dann muss ich mein Training nicht absagen. Außerdem wollen Samantha und ich heute Nachmittag ein Navigationssystem für ihr Fahrrad kaufen.«

Als Martin zu Hause ankam, öffnete ihm zu seiner Überraschung nicht seine Mutter die Haustür, sondern sein Vater.

»Wieso bist du hier? Hast du heute frei? Isst du nicht wie immer in der Kantine?«, fragte Martin.

»Nein, heute bin ich in der Mittagspause schnell nach Hause gefahren. Onkel Alwin zuliebe«, sagte Herr Taschenbier. »Ich wollte einfach mit euch allen zusammen essen.«

»Das ist schön. Bleibst du dann hier?«, fragte Martin.

»Nein, nein, das geht nicht«, sagte Herr Taschenbier. »Gleich nach dem Essen muss ich wieder zurück in die Firma. Am Montag gibt es immer besonders viel zu tun. Der Chef hat schon die Stirn gerunzelt, als ich ihm sagte, ich käme vielleicht zehn Minuten später ins Büro.«

Als Martin hinter seinem Vater durch den Flur gehen wollte, hielt ihn das Sams am Arm zurück.

»Du musst für mich etwas wünschen«, flüsterte es.

»Und was soll ich wünschen?«, fragte Martin.

»Nicht so laut«, flüsterte das Sams. »Sonst sagt Papa

Taschenbier wieder: ›Das Sams ist verfressen, es will immer essen, es ist nicht bescheiden, das kann ich nicht leiden.‹«

»So gereimt sagt es Papa bestimmt nicht.« Martin lachte. »Was soll ich also wünschen?«

»Mama Taschenbier hat doch nur für vier gekocht, weil sie nicht wusste, dass Papa Taschenbier heute auch hier isst. Jetzt reicht das Essen bestimmt nicht für fünf«, flüsterte das Sams.

»Und jetzt soll ich also eine fünfte Portion dazuwünschen«, sagte Martin.

»Ein sechstes Portiönchen wäre noch viel wunderschönchen. Eine siebte Portion schaffe ich schon, sogar Portion Nummer acht wäre angebracht. Denn mein Magen kann viel vertragen. Es gibt heute nämlich Hörnchennudeln mit feiner Soße. Hörnchennudeln sind mein Lieblingsgericht. Ohne sie schmeckt keine Soße niemals nicht.«

»Ich denke, Würstchen sind dein Lieblingsgericht?«, sagte Martin.

»Ja, das sind sie«, bestätigte das Sams.

»Was jetzt? Nudeln oder Würstchen?«, fragte Martin.

»Gewöhnliche Leute haben nur ein Lieblingsgericht. Ein Sams hat mindestens ein Dutzend, wenn nicht sogar zwölf. Und Hörnchennudeln gehören unbedingt total und auf jeden Fall dazu.«

Es vergaß ganz, dass es eigentlich flüstern wollte, und begann begeistert zu singen:

»Nudeln in Hörnchenform
schmecken mir ganz enorm.
Nudeln, die gebogen sind,
mag jedes Sams und jedes Kind.
Nudeln mit nur einem Loch
schätzt sogar ein Meisterkoch.«

»Na gut«, sagte Martin. »Dann wünsche ich also, dass Mama heute doppelt so viele Nudeln kocht wie sonst.«

»Danke«, sagte das Sams.

Aus der Küche kam ein entsetzter Aufschrei von Martins Mutter.

Fast gleichzeitig hörte Martin seinen Vater rufen: »Um Himmels willen!«

»Stell mal lieber den Herd ab, bevor es einen Kurzschluss gibt!« Das war die Stimme von Onkel Alwin.

»Was ist passiert?«, schrie Martin und rannte in die Küche.

Seine Mutter zeigte stumm auf den Elektroherd. Der Nudeltopf sah aus wie ein kleiner Vulkan, der gerade ausbricht. Ringsum quollen Nudelmassen aus dem Topf und fielen auf die Kochplatte, wo sie sich, zischend und dampfend, immer höher auftürmten, über den Rand des Herdes fielen und auf den Küchenboden purzelten.

Martins Vater und Onkel Alwin versuchten, die Nudellawine mit einer zusammengefalteten Zeitung und einem Küchenhandtuch aufzufangen.

Das Schaf hatte sich voller Schrecken in den hintersten Winkel der Küche zurückgezogen.

»Oh, Mann! Da bin ich schuld. Ich habe heute wirklich kein Glück mit meinen Wünschen«, rief Martin. »Sams, komm her und schau, was du angerichtet hast!«

»Wieso ich? Du hast doch gewünscht«, sagte das Sams.

»Gewünscht?«, fragte Martins Vater. »Was um Himmels willen hast du gewünscht?«

»Eine doppelte Portion Nudeln«, antwortete das Sams an Martins Stelle. »Martin hat nur vergessen, sie in einen doppelt so großen Topf zu wünschen.«

»Und ich habe ganz vergessen, dass ich ja wünschen darf!«, rief Martins Mutter. »Ich wünsche, dass der Herd wieder sauber ist. Dann wünsche ich, dass die Nudeln gekocht sind, und schließlich wünsche ich, dass unser geplantes Essen fertig auf dem Tisch steht.«

»Damit hast du drei wichtige, wertvolle, wirkungsvolle Wunschpunkte verschwendet«, sagte das Sams, als alle um den Tisch saßen. »Das hättest du auch mit einem einzigen hingekriegt.«

»Wie denn?«, fragte Martin.

»Wenn ich wünschen dürfte, würde ich zum Beispiel sagen: Ich wünsche, dass auf meinem Teller die größte Portion Nudeln liegt und die beste Soße, die es gibt, und dazu noch vier Würstchen, drei kleine Gürkchen, zwei Radieschen, ein Tomätchen, ein Klecks Ketchup und etwas Senf. So hätte ich sieben Sachen mit einem einzigen Punkt hergewünscht«, sagte das Sams.

»Das wäre aber ziemlich ungenau gewünscht«, sagte Herr Taschenbier. »Weil diese sieben Sachen gar nicht auf deinen Teller gepasst hätten.«

»Das war ja nur ein Beispiel«, behauptete das Sams. »Vorher hätte ich mir natürlich einen riesengroßen Teller gewünscht.«

»Der hätte aber nicht auf unseren Tisch gepasst!«

»Selbstverständlich hätte ich uns vorher einen riesengroßen Tisch gewünscht«, sagte das Sams.

»Und der hätte gar nicht in unser Esszimmer gepasst«, sagte Martin.

»Jetzt lasst uns endlich anfangen zu essen«, sagte Herr Taschenbier. »Bevor uns das Sams auch noch erzählt, dass es unser Haus riesengroß gewünscht hätte.«

»Und den Garten etwas breiter, damit das Haus hinpasst«, sagte Martin.

»Ja, fangen wir endlich an! Ich plansche uns allen einen guten Appetit!«, sagte Frau Taschenbier.
Nach dem Hauptgang verschwendete auch Martin einen Wunschpunkt. Er wünschte nämlich einen Nachtisch für alle. Fünf Schüsselchen Vanillepudding mit Schokosoße und einem Klecks Sahne.
Als auch das aufgegessen war und Martin und das Sams das leere Geschirr in die Küche gebracht hatten, bekam das Schaf sein Fressen, drei Mohrrüben.
Danach saßen alle satt und zufrieden am Tisch.
»Es ist wirklich sehr gemütlich bei euch«, sagte Onkel Alwin. »Ich bin auch sehr gerne hier. Und ich freue mich, dass ich so freundliche, liebe Verwandte kennenlernen durfte. Aber nehmt es mir nicht übel: Es zieht mich wieder nach Australien zurück. Ich habe Sehnsucht nach meiner Farm, nach dem Geruch der Eukalyptusbäume, nach meinem Wohnzimmer und nach meinem Schaukelstuhl auf der Veranda. Ein paar Tage werde ich noch bleiben. Aber irgendwann müssen wir Abschied nehmen.«
»Wie schade«, sagte Frau Taschenbier. »Du wirst uns fehlen.«
»Ich kann dich verstehen, Onkel«, sagte Herr Taschenbier. »So gerne wir dich auch bei uns behalten würden: Ich fürchte, wir werden dich wieder zurückplanschen müssen.«

»Vielleicht könnt ihr mich ja mal besuchen«, sagte Onkel Alwin. »Ich würde mich sehr freuen.«
»Ich hätte durchaus Lust dazu«, sagte Herr Taschenbier. »Am besten, ich fange noch heute an zu sparen. So ein Flug für drei ist ja nicht billig.«
»Für vier!«, verbesserte das Sams.
»Mann, das wäre toll! Urlaub in Australien!«, sagte Martin.
»Eine wunderschöne Idee«, sagte auch seine Mutter. »Familientreffen in Australien. Alle Taschenbiers sitzen in deiner Farm um den Tisch.«
»Hast du überhaupt einen so großen Tisch?«, fragte Martin. »Für dich allein genügt ja bestimmt ein kleiner.«
»Oh, mein Tisch ist groß genug«, sagte Onkel Alwin lachend. »Ich habe viele Freunde dort. Manchmal sitzen wir zu siebt am Tisch.«

»Sitzen sieben an dem Tisch,
reicht niemals nicht ein Einzelfisch«,

dichtete das Sams.

»Sitzen sieben an dem Tische,
kocht man besser sieben Fische.«

»Ich habe leider erst im September Urlaub«, sagte Herr Taschenbier. »Ich überlege, wann dieses australische Taschenbier-Familientreffen stattfinden könnte.«
»Am besten so bald wie möglich«, sagte Martin.
»Ja, das wünsche ich mir auch«, sagte Onkel Alwin.
Kaum hatte er ausgesprochen, da fuhr ein starker Luftzug durchs Zimmer, ein richtiger kleiner Wirbelsturm, das Deckenlicht blitzte auf, obwohl niemand den Schalter gedrückt hatte – und das Sams saß allein am Tisch.
Das Schaf blökte entsetzt und versuchte in seiner Panik, dem Sams auf den Schoß zu springen.
»Oh Mann! Nein!«, schrie das Sams. »Wir haben alle nicht daran gedacht, dass Onkel Alwin ja auch ein Taschenbier ist und wünschen kann. Wir hätten ihn warnen müssen und ihm sagen sollen, dass er ›planschen‹ sagen muss, wenn er sich etwas wünscht.«
Das Sams nahm das Schaf in den Arm. »Es ist fürchterlich furchtbar! Grässlich grauenhaft gräulich!«, sagte es und streichelte das verängstigte Tier. »Schauderhaft scheußlich und schlimm schrecklich! Meine Taschenbiers sind in Australien und können sich niemals nicht mehr zurückwünschen. Was können wir nur tun? Was machen wir jetzt?«
Aber das Schaf konnte ihm leider auch keine Antwort geben.

Australien

»Was war das?«, rief Herr Taschenbier. »Warum ist es auf einmal dunkel?«

»Wo sind wir, Papa?«, rief Martin.

Martin, seine Mutter und sein Vater standen in völliger Dunkelheit.

Martins Mutter tastete um sich, bekam etwas zu fassen, das sich wie ein Sessel anfühlte, und sagte entgeistert: »Wir sind nicht in unserem Zimmer. Wir sind ganz woanders.«

»Bist du auch hier, Onkel Alwin?«, fragte Herr Taschenbier ins Dunkel.

»Ja, hier bin ich«, kam die Antwort. »Was war denn das schon wieder?«

»Es riecht nach Hustenbonbons«, stellte Martin fest.

»Eukalyptus!«, rief Onkel Alwin. »Sind wir etwa in Australien?«

Langsam gewöhnten sich ihre Augen an die Dunkelheit.

»Das helle Viereck dort muss ein Fenster sein«, sagte Herr Taschenbier. »Wir sind in einem Zimmer!«

»Ich will ein Känguru reiten, wenn das nicht mein Wohnzimmer ist!«, rief Onkel Alwin. »Einen Augenblick, ich mache Licht.« Er tastete sich zum Lichtschalter.

Alle blinzelten und kniffen die Augen zu, als es plötzlich wieder hell wurde.

»Tatsächlich. Ich bin zu Hause«, sagte Onkel Alwin. »Darf ich euch auf meiner Farm willkommen heißen?«

Martin und seine Eltern standen, immer noch verwirrt, in der Zimmermitte.

»Setzt euch doch«, sagte Onkel Alwin. »Das hier ist der große Tisch, von dem wir gerade gesprochen haben.«

Alle setzten sich.

»Ich verstehe gar nichts«, sagte Herr Taschenbier. »Weshalb sind wir bei dir?«

»Ich glaube, Onkel Alwin hat uns hergewünscht«, sagte seine Frau.

»Genau!«, rief Martin. »Ich habe gesagt, dass wir so bald wie möglich bei ihm in Australien sein sollten. Versteht ihr: so bald wie möglich! Und er hat gesagt, dass er sich das wünscht. Der Wunsch hat bestens funktioniert: Schneller hätten wir nicht da sein können.«

»Wieso wirkt Onkel Alwins Wunsch?«, fragte Herr Taschenbier.

»Na, weil er auch ein Taschenbier ist«, erklärte ihm seine Frau. »Bei mir hat es ja auch funktioniert.«
»Eines verstehe ich aber immer noch nicht«, sagte Martin. »Wieso ist es dunkel? Onkel Alwin hat doch nicht gewünscht, dass es Nacht sein soll.«
»Das kann jetzt ich erklären«, sagte Onkel Alwin. »Schuld daran ist die Zeitverschiebung. Hier ist es schon mindestens elf Uhr in der Nacht.«
»Ein komisches Land, dieses Australien«, sagte Martin. »Wenn bei uns Sommer ist, ist bei euch Winter. Und wenn es bei uns Nachmittag ist, ist es bei euch Mitternacht.«
Onkel Alwin lachte. »Wir Australier finden es genauso merkwürdig, wenn wir in der Zeitung lesen, dass mitten in unserem Sommer bei euch ein Schneesturm tobt.«
»Was machen wir jetzt?« Herr Taschenbier begriff langsam, in welcher Situation sie sich befanden. »Das Sams ist zu Hause, und wir sind hier. Wir können uns nicht zurückwünschen!«
»Lass uns einfach ein paar Tage Urlaub machen und das neue Land genießen«, schlug seine Frau vor.
Onkel Alwin stimmte sofort zu. »Wonderful! Seid meine Gäste!«
»Das sagt ihr so einfach!« Herrn Taschenbiers Stimme zitterte. »Ich habe kein Geld dabei. Meine Geldbörse

steckt in der Jackentasche. Und die Jacke hängt zu Hause am Kleiderhaken. Ganz davon abgesehen, dass ich auch mit Geldbörse nicht drei Rückflüge nach Deutschland bezahlen könnte.«

»Drei Flüge kann ich euch leider auch nicht finanzieren«, sagte Onkel Alwin. »Höchstens einen.«

»Was machen wir nur?«, fragte Herr Taschenbier.

»Dann muss eben einer von uns zurückfliegen und die anderen zurückwünschen«, schlug Martin vor.

»Zurückwünschen? Wie denn?«, fragte Herr Taschenbier. »Ach so, natürlich. Das Sams ist ja zu Hause geblieben.«

»So schnell geht das aber nicht mit dem Zurückfliegen«, sagte Onkel Alwin. »Die Flüge sind meistens ausgebucht. Man muss manchmal drei Wochen warten, bis man einen Platz bekommt.«

»Drei Wochen? So lange sind wir hier gefangen?«, rief Herr Taschenbier.

»Du fühlst dich also bei mir gefangen?«, fragte Onkel Alwin. Man merkte seiner Stimme an, dass er ein bisschen beleidigt war.

»Nein, versteh mich bitte nicht falsch, Onkel«, sagte Herr Taschenbier schnell. »Ich mache mir eben Sorgen, wie wir zurückkommen sollen.«

»Vergiss einfach deine Sorgen. Morgen werden wir weitersehen. Es ist spät in der Nacht. Ich schlage vor,

dass wir alle erst mal zu Bett gehen und schlafen«, sagte Onkel Alwin.
»Hast du denn genug Betten für uns?«, fragte Frau Taschenbier.
»Es gibt da einmal mein Bett. Das ist Bett Nummer eins. Dann gibt es im Zimmer oben ein Doppelbett, also Bett Nummer zwei und drei«, zählte Onkel Alwin auf. »Und schließlich gibt es noch eine Luftmatratze.«
»Ein Doppelbett?«, fragte Frau Taschenbier.
Onkel Alwin wurde ein bisschen verlegen. »Das war ein Fehlkauf«, sagte er. »Ich habe es liefern lassen, bevor ich nach Brisbane geflogen bin. Seitdem steht es unbenutzt herum.«
»Wir können doch nicht am Nachmittag zu Bett gehen«, sagte Herr Taschenbier. »Gerade haben wir erst zu Mittag gegessen.« Dann fiel ihm noch etwas ein. »Mein Gott, ich müsste ja längst in der Firma sein! Gibt es hier ein Telefon? Ich muss mich sofort beim Chef entschuldigen.«
»Dort steht es. Vergiss nicht die Vorwahl!«, sagte Onkel Alwin. Herr Taschenbier wählte mit zitternden Fingern. »Hallo, Chef, guten Tag«, hörten ihn die anderen sagen. »Das will ich Ihnen ja gerade erklären. Ja, ja, Herr Oberstein ... Ich weiß, ich weiß, die Mittagspause ist schon seit einer Viertelstunde vorbei ... Ja, ja! ... Natürlich, das weiß ich doch auch!«

Es entstand eine längere Pause, in der Herr Taschenbier nur zuhörte und immer wieder nickte.
»Jetzt lassen Sie es mich endlich erklären! Hören Sie mir doch endlich mal zu!«, rief er dann ziemlich laut in den Hörer. »Ich kann nicht kommen, auch wenn die Mittagspause vorbei ist. Nein. Ich bin in Australien! Ja, Sie haben richtig verstanden: in Australien. Aus–tra–li–en!«
Die Stimme von Taschenbiers Chef wurde jetzt so laut, dass auch die anderen sie hören konnten. Herr Taschenbier legte einfach den Hörer auf. Es war nun ganz still im Zimmer.
»Was hat der Chef gesagt?«, fragte schließlich Martin.
»Er hat gesagt, entweder sei ich verrückt oder ich wolle ihn verarschen. Entschuldigt das hässliche Wort, aber genau so hat er es gesagt. Und beides sei ein guter Grund, mich zu entlassen, sagte er noch. Ich bin gefeuert.«
»Das meint er nicht ernst«, tröstete ihn seine Frau. »Bestimmt nimmt er die Entlassung zurück, wenn wir wieder zu Hause sind.«
»Meinst du?«, fragte Herr Taschenbier.
Sie nickte. »Du hast doch gehört, wie sehr dich dein Chef gelobt hat, als diese japanische Delegation da war. Der kann gar nicht auf dich verzichten. Bei deinen Fähigkeiten!«

»Danke«, sagte Herr Taschenbier.
»Papa, wenn du sowieso entlassen bist, können wir ja wirklich hier Urlaub machen«, sagte Martin. »Du musst dann nur morgen in der Schule anrufen und mich entschuldigen.«
»Ihr alle scheint das gar nicht besonders schlimm zu finden«, sagte Herr Taschenbier. »Na gut. Machen wir also Urlaub.« Er schien erleichtert zu sein. »Da ich es sowieso nicht ändern kann, will ich die freien Tage wenigstens genießen.«
»Wenn du nicht mehr da bist, wird der Chef schnell merken, was er an dir hatte«, sagte Frau Taschenbier. »Wie schön, dass du es mal ganz gelassen nimmst.«
Onkel Alwin sagte: »Jetzt sollten wir uns aber wirklich schlafen legen. In ein paar Stunden wird es schon wieder hell. Ihr wollt doch nicht den Tag zur Nacht machen?«
»Na gut«, sagte Herr Taschenbier. »Gehen wir also zu Bett.«
Und das taten dann auch alle.
Am nächsten Morgen wurde Martin auf seiner Luftmatratze davon wach, dass ihm die Sonne hell ins Gesicht schien. Er brauchte eine kleine Weile, bis er sich klargemacht hatte, was geschehen war und wo er sich befand.
Martin setzte sich auf und sah sich um. Die Wände

und die Decke des Zimmers waren mit hellem Holz verkleidet. Es gab einen Schrank, einen Stuhl und einen kleinen Schreibtisch, auf dem Papiere aufgestapelt waren. Er schien in Onkel Alwins Arbeitszimmer geschlafen zu haben.
Seine Kleider hatte Martin am Boden neben der Matratze abgelegt. Er nahm sie auf, ging aus dem Zimmer und suchte nach dem Bad.
Als er an einem der Flurfenster vorbeikam, sah er Onkel Alwin unter sich auf der Veranda in einem Schaukelstuhl sitzen.
Martin öffnete das Fenster und rief hinaus: »Guten Morgen, Onkel Alwin!«
Onkel Alwin drehte den Kopf und sah zu ihm hoch. »Hallo, Martin! Guten Mittag wäre korrekter«, sagte er. »Es ist zehn vor zwölf. Zehn vor zwölf australischer Zeit! Aber deine Eltern scheinen immer noch zu schlafen.«
»Ich komme zu dir runter«, rief Martin, verzichtete aufs Waschen und schlüpfte gleich in seine Kleider.
Unten setzte er sich neben Onkel Alwin auf den Holzboden der Veranda und blickte sich um.
Das Haus hinter ihm wirkte niedrig, obwohl es zweistöckig war, wie er ja wusste. Es war aus graubraunen Steinen gemauert. Daneben stand ein großer Schuppen, der das Hausdach um einige Meter überragte.

Vor dem Haus erstreckte sich eine gelbe, sonnenverbrannte Wiesenlandschaft bis zum Horizont. In der Ferne waren bläulich schimmernde Berge zu sehen.
Hinter den beiden Gebäuden – fast hätte man sagen müssen, über ihnen – erhoben sich einige sehr hohe Bäume. Ihre lang gestreckten, schmalen, silbrigen Blätter bewegten sich leicht im Wind.
»Eukalyptusbäume«, sagte Onkel Alwin, als er Martins fragenden Blick sah.
Martin stand auf, hob ein heruntergefallenes Blatt vom Boden auf, zerrieb es zwischen den Fingern, roch daran und nickte. »Wie Hustenbonbons!«
»Und was sind das da drüben für Netze?«, fragte er dann. »Dort auf der Wiese.«
»Netze? Das sind Zäune«, erklärte Onkel Alwin ihm. »Dazwischen waren mal meine Schafe, bevor Maxi, dieser Gauner, sie verkauft hat.«
»Bist du jetzt arm, ohne deine Schafe? Was würdest du mit ihnen machen? Doch nicht schlachten?«
»Schlachten?« Onkel Alwin lachte schallend. »Ich werde doch meine Geldquellen nicht schlachten. Die Schafe werden zweimal im Jahr geschoren und die Wolle verkauft. Deswegen bin ich auch nicht gerade arm, denn drüben in der Scheune habe ich noch Berge von Schaffellen gestapelt. Die hat Maxi erfreulicherweise nicht auch noch verkauft.«

»Und jetzt gehört dir also nur noch ein einziges Schaf«, stellte Martin fest.
»Und das ist nicht einmal bei mir«, sagte Onkel Alwin. »Wie es ihm wohl geht? Hoffentlich vergisst euer Sams drüben in Deutschland nicht, das Tier zu füttern und ihm Wasser zu geben.«

Vergeblicher Versuch

Tina, Roland und Samantha hatten sich am Obstmarkt getroffen und waren nun gemeinsam unterwegs zu Taschenbiers, um Martins neuen, echten Onkel kennenzulernen und um nach Martin zu sehen.

Roland hatte sich nämlich den ganzen Vormittag schon gefragt, weshalb Martin in der Schule fehlte.

»Wahrscheinlich hat er wieder mal eine Magenverstimmung oder so was«, vermutete er.

»Vielleicht hat er auch einfach geschwänzt, um bei seinem neuen Onkel zu sein«, sagte Tina.

Als Roland an der Haustür klingelte, öffnete ihnen nicht Martin, sondern das Sams.

»Ach, ihr seid es«, sagte es matt.

»Was ist los mit dir?«, fragte Tina.

»So kennt man dich gar nicht«, sagte Roland. »Hat Martin dich geärgert?«

»Du machst ein Gesicht, als hätte man dir den Taucheranzug geklaut«, sagte Samantha.

»Es ist viel schlimmer«, antwortete das Sams. »Kommt rein!«

Das Sams ging voraus ins Wohnzimmer. Dort lag aber nur das Schaf auf einem Kissen neben dem Sofa.
»Wo kommt denn dieses Schaf her?«, fragte Roland.
Samantha und Tina fingen gleich an, das Tier zu streicheln.

»Es gehört Onkel Alwin«, sagte das Sams. »Es steckte unter seiner Decke.«
»Aha«, machte Roland. »Und wo ist Martin? Oben in seinem Zimmer? Steckt er auch unter seiner Decke?«
»Er steckt in Australien«, antwortete das Sams.
»Du hast schon mal bessere Witze gemacht«, sagte Samantha.
»Und wo ist Martins Mutter?«, fragte Tina.
»Auch in Australien«, sagte das Sams.
»Ist das dein Ernst? Beide in Australien?«, fragte Tina.
»Mein allerernstester Ernst«, versicherte das Sams.
»Ach komm, Tina! Das Sams will uns doch nur veralbern. Gestern war Martin noch in der Schule, und wir haben uns für heute hier verabredet«, sagte Roland. »Bestimmt hat sich Martin nur versteckt und lacht sich krank, wenn wir dem Sams glauben.« Er schüttelte den Kopf. »Australien!«
Tina fing an zu rufen: »He, Martin, wir sind da! Komm endlich!«

Samantha hatte inzwischen in der Küche nach Frau Taschenbier gesucht, kam nun wieder und sagte: »Martins Mutter ist nicht da.«
»Sag ich doch. Sie ist in Australien«, sagte das Sams.
»Wie denn? Die können doch nicht so schnell ausgewandert sein«, sagte Samantha.
»Sie haben sich da hingewünscht. Aus Versehen. Und nun sind sie dort und können sich nicht zurückwünschen«, sagte das Sams. »Es ist grauenhaftestens grässlich und schauderhaft schlimm.«
»Wie meinst du das? Wie können sie sich da hinwünschen?«, fragte Samantha.
»Mit meinen wundervoll wirkungsvollen Wunschpunkten«, sagte das Sams.
»Martin hat es euch doch gestern erzählt«, sagte Roland. »Das Sams hat sich seine Wunschpunkte von Herrn Daume zurückgeholt. Wie hätten sie sonst den Onkel herwünschen können?«
Samantha betrachtete das Sams ganz genau.
»Ich sehe keinen einzigen Punkt«, sagte sie dann.
»Ich auch nicht«, sagte Tina.
»Die Punkte könnt ihr auch niemals nicht sehen, weil sie auf meinem Bauch sind. Und den zeige ich niemals nicht her«, sagte das Sams.
»Ihr könnt dem Sams glauben«, sagte Roland. »Martin hat mir gestern bewiesen, dass er wünschen kann.«

»Wie denn?«, fragte Tina.

»Das ist jetzt nicht so wichtig«, sagte Roland mit einem kurzen Blick auf Tinas Zopf, der heute auf der richtigen Seite gebunden war. »Viel wichtiger ist, dass wir sofort Herrn Taschenbier Bescheid sagen. Er muss aus dem Büro kommen und die beiden ganz schnell wieder zurückwünschen.«

»Er wird niemals nicht aus dem Büro kommen«, sagte das Sams.

»Nicht aus dem Büro? Woher kommt er dann?«, fragte Tina.

»Er kommt überhaupt nicht. Er ist nämlich auch in Australien«, sagte das Sams. »Und wenn ihr jetzt nach dem Onkel Alwin fragt: Der ist auch dort.«

»Erzähl doch mal alles ganz genau«, sagte Roland. »Was ist passiert?«

Gespannt und immer aufgeregter hörten die drei zu, als ihnen das Sams von dem versehentlichen Wunsch von Onkel Alwin erzählte.

»Was machen wir jetzt?«, sagte Roland und schaute fragend in die Runde.

»Und was machen Martin und seine Eltern jetzt?«, fragte Tina.

»Sie können sich wirklich nicht zurückwünschen?«, fragte Samantha. »Vielleicht können wir das ja?«

Das Sams vergaß einen Augenblick seinen Kummer

und musste lachen. »Ihr doch nicht. Wünschen dürfen nur Taschenbiers.«
»Martin hat mir erzählt, wie alle Taschenbiers gleichzeitig den Onkel hergewünscht haben. Das hat den Wunsch verstärkt, hat er behauptet«, sagte Roland. »Vielleicht klappt es ja auch, wenn wir drei zusammen wünschen? Vielleicht verstärkt es den Wunsch so, dass er funktioniert, obwohl kein Taschenbier wünscht?«
»Das funktioniert niemals nicht«, sagte das Sams.
»Wir können es ja mindestens mal versuchen«, schlug Tina vor. »Wie sagen wir? Vielleicht so: Wir wünschen, dass alle Taschenbiers wieder hier sind.«
»Dann ist aber der Onkel auch wieder da«, sagte Samantha.
»Logisch!«, sagte Roland. »Und der will vielleicht auf seiner Farm in Australien bleiben.«
»Dann sagen wir: Wir wünschen, dass Martin und seine Eltern wieder hier sind«, sagte Samantha.
»Was heißt ›hier‹?«, fragte Roland. »Hier in der Stadt oder hier im Haus oder hier im Zimmer?«
»Mann, bist du pingelig!«, sagte Samantha. »Dann wünschen wir eben, dass Martin und seine Eltern hier im Zimmer sind.«
»Es ist besser, wenn wir gleichzeitig sagen: *Ich* wünsche, dass sie hier im Zimmer sind. Das verstärkt den Wunsch besser«, schlug Roland vor.

»Also gut«, sagte Tina. »Es geht los: Auf drei! Eins – zwei – drei!«
Alle riefen gleichzeitig: »Ich wünsche, dass Martin und seine Eltern hier im Zimmer sind!«
Erwartungsvoll blickten sie sich im Zimmer um.
»Na, seht ihr: Es funktioniert nicht«, sagte das Sams.
»Und was machen wir jetzt?«, fragte Tina.
»Warten. Nur warten ...«, fing das Sams an.
Da war es plötzlich mitten im Satz spurlos verschwunden. Einfach weg.
Die drei blickten sich verwirrt an und riefen durcheinander: »Wo ist das Sams hin? Es ist weg. Weg! So was gibt's doch gar nicht! Es hat sich einfach in Luft aufgelöst. Was war das?«
Als sie sich ein wenig beruhigt hatten, sagte Roland: »Jemand muss das Sams weggewünscht haben. Anders kann man sich das nicht erklären. Aber wer kann das Sams wegwünschen?«
Alle blickten sich ratlos an.
»Was machen wir jetzt?«, fragte Tina schließlich.
»Wir gehen«, sagte Roland.

Die Sams-Versammlung

»Hoppla!«, sagte das Sams und blickte ein wenig verwirrt in die Runde. »Habt ihr mich etwa geholt?«

Es schien so, als hätten sich wieder sämtliche Samse versammelt. Dicht gedrängt saßen sie in einem weiten Rund. Diesmal blickten sie das Sams aber nicht so ernst an wie beim letzten Zusammentreffen. Die meisten grinsten.

Das Übersams saß wie üblich auf seinem großen, blau gepunkteten Kürbis. Es versuchte, eine ernste Miene zu machen, konnte aber ein Lächeln nicht unterdrücken.

Das Sams blickte verblüfft in die Runde. Einige Samse fingen an zu kichern.

Das Übersams rümpfte zweimal den Rüssel und wandte sich an das Sams. »Du weißt wahrscheinlich nicht, weshalb wir hier zusammengekommen sind«, begann es.

»Weshalb alle allesamt zusammen hier zusammengekommen sind, weiß ich genauestens genau«, sagte das Sams. »Ihr seid gekommen, weil das Übersams gerufen hat.

Lädt das Übersams uns ein,
soll man bei den andern sein.
Ruft es uns zu sich,
kommt man sicherlich.

Was ich aber nicht weiß: Weshalb habt ihr mich aus Taschenbiers Wohnzimmer geholt?

Samantha, Roland und Tina
sitzen jetzt allein da.
Roland, Tina und Samantha
sitzen ganz gespannt da,
weil sie nämlich wissen wollen,
wo das Sams auf einmal ist,
denn es wird total vermisst!«

Die letzte Zeile gefiel dem Sams so gut, dass es gleich weiterdichtete und laut sang:

»Ja, ein Sams wird sehr vermisst,
wenn es wegverschwunden ist.«

»Ist schon gut, wir haben verstanden«, sagte das Übersams.
Ein Sams aus der zweiten Reihe rief: »Jetzt hör doch mal zu: Wir haben dir was Erfreuliches zu sagen!«
Das Sams ließ sich nicht unterbrechen und sang weiter:

»Gerade sahen sie mich noch,
jetzt ist in der Luft ein Loch ...«

»Könntest du bitte mal still sein und mich zu Wort kommen lassen?«, fragte das Übersams.
»Das Sams ist still«, fing das Sams an zu singen. Zu seiner Verblüffung begannen alle Samse, laut mitzusingen:

»Das Sams ist still,
das Sams ist still,
weil das Übersams es will.«

Danach brachen alle in großes Gelächter aus.
»Ich staune, ich staune über eure Laune«, sagte das Sams. »Jetzt sagt mir endlich,

weshalb ihr mich geholt habt. Ich denke, ich gehöre nicht mehr zu euch, weil ich gänzlich menschlich bin?«

Das Übersams rümpfte den Rüssel.

»Du kannst dich freuen«, sagte es zum Sams. »Wir haben noch mal über unser strenges Urteil nachgedacht und haben ausgemacht, dass wir es wagen, dir zu sagen, dass wir einen ziemlich unbedachten dummen Fehler machten. Die allgemeine Meinung ist, dass du noch wirklich samsig bist!«

Alle Samse nickten.

»Aha«, machte das Sams. »Und jetzt?«

Das Übersams sagte: »Jetzt darfst du immer bei uns sein. Setz dich gleich mittenrein. Jetzt darfst du wieder bei uns bleiben, wie früher auch, wenn du bei Herrn Taschenbier oder bei Martin verschwunden bist.«

»Vielen Dank für das gebotene Angebot. Aber ich kann gar nicht bleiben«, sagte das Sams.

Die Samse schüttelten ungläubig den Kopf und hörten auf zu lächeln.

»Habe ich dich richtig verstanden?«, fragte das Übersams. »Du willst nicht bleiben? Willst du etwa nicht mehr zu uns gehören?«

»Ich will nicht hierbleiben. Ich will zurück zu meinen Menschen. Ich will zu Taschenbiers«, sagte das Sams.

Auch das Übersams blickte jetzt sehr ernst und sehr streng, als es sagte: »Überleg dir gut, was du sagst und was du willst. Wenn du jetzt gehst, kannst du nicht mehr zurück. Du wirst für immer bei den Menschen bleiben.«

Das Sams fragte erschrocken: »Nicht mehr zurück? Nie mehr?«

Alle Samse nickten mit ernstem Gesicht und riefen: »Überleg es dir! Überleg es dir gut!«

Das Übersams fuhr fort: »Und noch etwas musst du wissen: Du wirst dann immer menschlicher werden. Deine wirklich wundervolle Rüsselnase wird schrecklich schrumpfen. Du wirst nie so einen schönen faltigen Rüssel haben wie ich. Dir wächst mit der Zeit eine spitze, plumpe, menschliche Nase.«

Alle Samse schüttelten sich angeekelt bei dieser Vorstellung.

»Egal«, sagte das Sams. »Ich will zu meinen Menschen. Sie brauchen mich doch. Ich will zu Taschenbiers. Und zwar nach Australien!«

»Nach Australien? Das geht nicht«, sagte das Übersams.

»So? Es geht nicht?« Nun grinste das Sams. »Mit meinen eigenen Punkten kann ich mich ja nicht hinwünschen ...«, begann es.

»Nein, das kannst du nicht«, sagte das Übersams und

die versammelten Samse riefen wie aus einem Mund: »Sams-Regel 422, Sams-Regel 422!«

»Wenn ich mich hier umschaue und die schönen blauen Punkte auf euren Gesichtern sehe, weiß ich, was ich mache«, sagte das Sams.

Und ehe die Samse begriffen hatten, was es vorhatte, rief es: »Sams-Regel 423! Ich wünsche, dass ich vor Onkel Alwins Farm in Australien stehe!«

Im selben Augenblick war es verschwunden.

»Dieses Sams hat uns trickreich ausgetrickst und listigst überlistet. Das war sagenhaft samsig«, rief das Übersams. Es konnte seine Begeisterung kaum verbergen. »Richtig schade, dass es nun nicht mehr zu uns gehört!«

Die Rückkehr

»He, ich habe gewünscht, dass ich vor Onkel Alwins Farm stehe, und nicht, dass es stockdunkel finster ist!«, beschwerte sich das Sams.

Es versuchte, in der Dunkelheit etwas zu erkennen. Vor ihm, im schummrigen Mondlicht mehr zu ahnen als zu erkennen, ragte ein Haus auf.

»Das muss das Farmhaus sein«, sagte es sich und ging darauf zu. Dann schimpfte es halblaut, denn es hatte sich die Knie an der Veranda angestoßen.

Allmählich gewöhnten sich seine Augen an die Dunkelheit.

»Aha, die Haustür«, sagte es laut. »Wenn ich peinliches Pech habe, ist sie abgeschlossen, wenn ich glorioses Glück habe, ist sie offen.«

Die Haustür war offen. Das Sams trat ein.

In Deutschland war es Nachmittag, aber hier in Australien war es kurz nach Mitternacht.

Martin Taschenbier lag auf der Luftmatratze und schlief tief. Er wurde davon wach, dass in seinem Zimmer jemand laut sang:

»Schlaf, Martin, schlaf,
zu Hause steht ein Schaf.
Da wartet es, das arme Tier,
das Sams ist endlich wieder hier,
schlaf, Martin, schlaf!«

Martin war mit einem Mal hellwach. Er knipste die Nachttischlampe an, die er neben die Matratze auf den Boden gestellt hatte. »He, Sams, bist du das?«
»Bin ich das?«, fragte das Sams. »Ja, stimmt! Ich bin das, das bin ich.«
»Ich hab gedacht, du bist bei uns in der Wohnung und wir müssen hierbleiben und können uns nicht zurückwünschen«, rief Martin.
»In der Wohnung? Wie kommst du nur auf so eine Idee! Ich bin in Australien, wie du ja siehst«, sagte das Sams. »Ich war nur ein bisschen flanieren-spazieren und hab mir die echt australische Gegend angeschaut.«
»Anderthalb Tage warst du spazieren? Das gibt's doch nicht!«, sagte Martin.
Das Sams ließ sich nicht beirren. »Doch, doch. Ich war ein bisschen spazieren, um ...«
»Um was? Sag schon! Was gibt's da zu überlegen?«
»Jetzt fällt es mir wieder ein: Ich wollte einen Bumerang kaufen!«
»Bumerang?«, fragte Martin.

»Ja. Das ist so ein Holz, das wiederkommt, wenn man es wegwirft.«

»Dazu hast du fast zwei Tage gebraucht?«

»Frag nicht so viel. Sag mir lieber: Was ist der Unterschied zwischen einem Sams und einem Bumerang?«

»Woher soll ich das wissen?«, fragte Martin.

»Ich sag es dir: Es gibt keinen Unterschied. Beide kommen wieder, wenn sie weg waren.«

»Aha«, machte Martin. »Und wenn ich jetzt frage, wo denn dein Bumerang ist, sagst du, ich hätte besser zuhören sollen. Weil du ja nur einen kaufen *wolltest*. Aber natürlich hast du keinen gekriegt, weil du ja kein Geld dabeihast.«

»Seit wann kannst du Gedanken lesen?«, fragte das Sams.

»Das ist bei dir manchmal gar nicht so schwer.« Martin lachte. »Was machen wir jetzt? Soll ich Papa und Mama wecken und erzählen, dass du da bist?«

»Lass sie schlafen«, sagte das Sams. »Am alleroberbesten, wir passen uns der Gegend an.«

»Was meinst du damit?«, fragte Martin.

»Ich will es mal so sagen«, fing das Sams an:

»Scheint die Sonne vor dem Haus,
steh ich auf und geh hinaus.
Hier nun scheint der runde Mond,

das ist ziemlich ungewohnt,
doch führt bei mir die Dunkelheit
sofort zu großer Müdigkeit.«

Es gähnte laut und ausführlich. »Ich will schlafen.«

»Auf meiner Luftmatratze ist leider kein Platz für zwei«, sagte Martin.

»Da liegt ein Teppich. Wenn ich den zweimal falte, gibt das eine überschöne Unterlage. Zweifache Faltung schützt vor der Erkaltung!«, sagte das Sams und streckte sich neben Martin auf dem Teppich aus.

Martin löschte das Licht.

»Gute Nacht, Martin«, sagte das Sams.

»Gute Nacht, kleiner großer Bruder«, sagte Martin.

Eine Weile blieb es still. Dann fragte Martin leise: »Schläfst du schon?«

»Auf diese Frage kann man nur mit Nein antworten«, sagte das Sams. »Weil man nicht Ja sagen kann, wenn man schon schläft.«
»Jetzt sag doch mal ganz ehrlich: Wo warst du und wo kommst du her?«, sagte Martin. »Das mit dem Bumerang war doch nur eine von deinen Sams-Geschichten. Stimmt's?«
»Kann schon sein«, gab das Sams zu.
»Wo kommst du also her?«
»Das ist ein Sams-Geheimnis, das ein Sams niemals nicht verraten darf«, sagte das Sams.
»Weshalb nicht?«, fragte Martin.
»Ist doch logisch«, sagte das Sams. »Ein Geheimnis darf man nicht verraten, weil das geheime Geheimnis dann ja nicht mehr geheim ist. Stimmt's? Und jetzt schlaf!«

Martins Eltern und Onkel Alwin staunten nicht schlecht, als am nächsten Morgen Martin zusammen mit dem Sams aus dem Zimmer kam.
»Unser Sams ist hier?«, rief Herr Taschenbier.
»Wie kommt es hierher?« Auch Martins Mutter war ganz aufgeregt. »Wann ist es zu dir gekommen?«
Onkel Alwin schaute nur verblüfft und schüttelte den Kopf.
»Das ist ein Geheimnis«, sagte Martin und blinzelte

dem Sams zu. »Und Geheimnisse darf man nicht verraten, weil sie sonst nicht mehr geheim sind.«
»Dann können wir uns ja gleich zurückwün ... äh ... zurückplanschen!«, rief Herr Taschenbier. Beinahe hätte er einen Fehler gemacht!
»Wollt ihr wirklich so schnell weg von mir?«, fragte Onkel Alwin.
»Du musst das bitte verstehen«, entschuldigte sich Herr Taschenbier. »Jetzt bin ich schon den zweiten Tag nicht im Büro gewesen. Vielleicht gibt mir der Chef noch eine Chance, wenn ich wenigstens heute zur Arbeit erscheine. Im Herbst kommen wir bestimmt wieder. Und zwar für länger.«
»Aber frühstücken können wir noch zusammen!«, sagte Onkel Alwin.
»Ja, natürlich. So eilig haben wir es wirklich nicht«, sagte Frau Taschenbier.
Während des Frühstücks flüsterte Martin dem Sams zu: »Wie viele Punkte hast du eigentlich noch?«
»Dazu muss ich auf meinen Bauch schauen«, sagte das Sams.
»Dann schau doch mal!«
Das Sams stand auf und ging aus dem Zimmer.
»Ist es schon satt?«, fragte Martins Vater. »Das wäre das erste Mal.«
»Es will nachsehen, wie viele Punkte es noch hat«,

erklärte Martin ihm. »Und seinen Bauch zeigt es niemals nicht her, das weiß man doch.«

»Vier!«, rief das Sams, als es zurückkam.

»Da müssen wir gut überlegen. Damit wir nicht aus Versehen etwas Ungenaues planschen«, sagte Martin. Er wandte sich an Onkel Alwin und fragte: »Onkel, wie viele Schafe hat dir eigentlich dieser Maxi geklaut?«

»So genau weiß ich es auch nicht. Mindestens hundertzwanzig. Warum fragst du?«

»Ich habe da so eine Idee«, sagte Martin, beugte sich zum Sams hinüber und flüsterte ihm etwas ins Ohr.

»Drei!«, sagte das Sams.

Von draußen kamen merkwürdige Laute. So, als würden ganz viele Schafe mähen. Onkel Alwin sprang auf und

rannte zur Tür. »Meine Schafe!«, schrie er. »Meine Schafe sind wieder da!«

Zwischen den netzartigen Zäunen graste eine große Schafherde.

»Dieselben wie damals sind es wahrscheinlich nicht«, sagte Martin. »Aber es sind immerhin Schafe, und sie gehören dir, Onkel. Ich hab sie dir gewünscht.«

Onkel Alwin umarmte Martin und das Sams.

»Das werde ich euch nie vergessen«, sagte er.

»Und weil wir gerade beim Wünschen sind«, fing Martin an.

»Halt! Nicht! Vorsicht!«, riefen Herr und Frau Taschenbier. »Es sind nur noch drei Wunschpunkte da.«

»Keine Angst«, sagte Martin. »Ich hab mir den nächsten Wunsch gut überlegt: Ich wünsche, dass Papas Chef sich nicht daran erinnert, dass

Papa ein paar Tage gefehlt und gesagt hat, er ruft aus Australien an.«

»Zwei!«, rief das Sams.

»Ein sehr schöner Wunsch«, musste Martins Vater zugeben. »Und jetzt darf auch ich mal wünschen: Ich wünsche, dass Martin, Mara, das Sams und ich zu Hause in Deutschland in unserem Wohnzimmer auf dem Teppich stehen.«

»Na, so was! Jetzt habt ihr euch nicht einmal von mir verabschiedet«, rief Onkel Alwin ihnen hinterher.

Fast im selben Moment rief Herr Taschenbier: »Das darf doch nicht wahr sein! Jetzt stehen wir schon wieder im Dunkeln!«

»Zeitverschiebung«, sagte Martin sachkundig, während er das Licht anknipste.

Das Schaf kam auf die vier zugerannt, schmiegte sich an Martins Beine und mähte. Martin tätschelte ihm den Kopf.

»Was machen wir jetzt?«, fragte Frau Taschenbier. »Sollen wir etwa zu Bett gehen? Gleich nach dem Frühstück?«

»Wir können nicht die ganze Nacht aufbleiben«, sagte Herr Taschenbier. »Wenn ich richtig rechne, muss ich in sechs Stunden ins Büro. Ein bisschen Schlaf vorher kann nicht schaden. Ich jedenfalls lege mich jetzt hin.«

»Meistens führt die Dunkelheit ganz schnell zu großer Müdigkeit«,

zitierte Martin das Sams. »Ich geh auch ins Bett.«
»Ich auch.« Das Sams gähnte schon.
»Halt! Noch etwas müssen wir klären, bevor ihr jetzt alle ins Bett verschwindet«, sagte Frau Taschenbier. »Was ist mit dem letzten Wunschpunkt?«
»Den heben wir gut auf. Für Notfälle!«, schlug Martin vor.
Damit waren alle einverstanden.

Ein Nachtrag

Eine Zeitungsmeldung aus dem »Babenburger Anzeiger«, die einiges erklärt:

POLIZEI AUF KÄNGURU-JAGD

Babenburg *(Eigene Meldung)*
Als Känguru-Fänger waren gestern Polizei und Feuerwehr auf den nächtlichen Straßen von Babenburg unterwegs. Bürger hatten das exotische Tier in der Austraße entdeckt und die Polizei alarmiert.
»Das ist wohl ein Scherz?«, war der erste Gedanke von Feuerwehrchef Rolf-Bernhard Kundamm, als er um 21 Uhr 45 die Einsatzmeldung erhielt. Ein fünfköpfiger Trupp unter der Leitung von Brandmeister Pöhlein rückte zur Unterstützung aus, nachdem die Besatzung eines Streifenwagens das muntere Tier weder fangen noch mit Hundekuchen hatte anlocken können.
Das Känguru hüpfte durch die untere Brückenstraße und im Zickzack-Höllentempo

weiter über die Grischkerstraße und den Sandweg. Tierarzt Doktor Dassel, den die Polizei in der Zwischenzeit angefordert hatte, musste erfreulicherweise nicht mit dem Betäubungsgewehr eingreifen. Der Polizei gelang es nämlich, nach 25 Minuten Verfolgung den sprunggewaltigen Straßenfeger mittels eines Netzes einzufangen. Das Känguru hatte zuvor versucht, sich hinter der Nepomuk-Statue auf der Unteren Brücke zu verstecken. Zunächst wurde das Känguru auf die Feuerwache gebracht, wo es sich in seiner Aufregung als »etwas undicht« erwies, wie Brandmeister Pöhlein es scherzhaft ausdrückte.
Das verängstigte Tier beruhigte sich aber schnell und ließ sich gerne von Feuerwehrchef R.-B. Kundamm füttern, der dafür sein Abendessen opferte, einen Eierkuchen.
Es zeigte sich, dass es sich bei dem Tier um ein männliches, beutelloses Jungtier aus der Gattung der Wallabys handelte.
Der erste Verdacht, dass das Känguru aus einem gerade gastierenden Zirkus entwichen war, bestätigte sich nicht.
Aufgrund eines Clips im Ohr des Tieres konnte Kreisbrandmeister Pöhlein den wahren Besitzer des Kängurus ausfindig machen. Die Inschrift auf dem Clip zeigte an, dass es

aus der Känguru-Farm Maroldschwarzach stammte.
Ein nächtlicher Anruf in der Farm bestätigte diesen Tatbestand. Gottfried Sperling, der Besitzer der Farm, berichtete, dass er das Tier schon lange als vermisst gemeldet hatte. Auf unerklärliche Weise war es aus dem 600 Quadratmeter großen Freigehege verschwunden, in dem es mit zwölf anderen Kängurus beiderlei Geschlechts untergebracht war.
Gottfried Sperling dankte Polizei und Feuerwehr für ihren Einsatz und nahm das Tier noch am selben Abend in seine Obhut.

Noch ein Nachtrag

Und was geschah mit Onkel Alwins Schaf? Es war ja immer noch bei Taschenbiers!

Das ist schnell erzählt: Das Schaf hatte sich bald an das deutsche Klima gewöhnt und fühlte sich zunehmend heimisch im Garten der Familie Taschenbier.

Es kriegte auch einen Namen und wurde »Lissy« genannt. Und manchmal kam es sogar angelaufen, wenn Martin »Lissy, komm!« rief. Allerdings nur, wenn Martin dabei auch eine Mohrrübe in der Hand hielt. Mohrrüben waren nämlich die Lieblingsspeise von Lissy. Aber Gras fraß sie auch sehr gerne.

An einem Nachmittag im Juni, vier Wochen nach ihrer Rückkehr aus Australien, saß Familie Taschenbier mit dem Sams draußen im Garten. Alle genossen die Sonne.

Während das Schaf wie üblich im Garten weidete, sagte Herr Taschenbier: »Wie fein, dass wir jetzt dieses Schaf bei uns haben!«

»Ja, es ist schön, ein Haustier zu haben«, sagte Frau Taschenbier.

»Und es erinnert uns immer an Onkel Alwin«, sagte Martin.

»Es ist nicht nur das«, sagte Herr Taschenbier. »Seitdem Lissy das Gras immer so schön gleichmäßig abfrisst und kurz hält, muss ich nicht alle zwei Wochen den Rasen mähen. Der Rasenmäher steht jetzt schon seit Wochen ungenutzt in der Garage. Es ist wirklich ein Vorteil.«

»Ja, das ist ein Vorteil«, sagte Martin. »Es gibt aber auch einen Nachteil dabei.«

Seine Mutter lachte. »Ich weiß, was du meinst«, sagte sie.

»Nachteil?«, fragte Herr Taschenbier.

»Ja, man muss aufpassen, wo man hintritt, wenn man über den Rasen geht«, sagte Martin.
»Das ist doch klar«, sagte das Sams und musste auch lachen.

»Was Lissy vorne frisst,
kommt hinten wieder raus.
So ist das halt bei Schafen.
Das macht uns gar nichts aus.«

»Ihr habt recht. Ich sollte endlich mal wieder die Harke benutzen«, sagte Herr Taschenbier.
Und das tat er dann auch.

ENDE